U0928832

文联版
http://www.clapnet.cn

姜春云近照

作者简介

姜春云，1930年出生于山东省莱阳县（现为莱西市）的一个农民家庭。1946年7月参加革命工作，1947年2月加入中国共产党。较长时间在区、县、地区和外贸基层单位工作。1960年调中共山东省委工作，至1983年，曾任省委宣传部办公室副主任，省革委办公室秘书组组长、副主任，省委办公厅党的领导小组副组长，省委副秘书长、秘书长。1983年至1992年，任山东省委副书记兼省委秘书长，山东省委副书记兼济南市委书记，山东省省长、省委书记。1992年至1994年，任中共中央政治局委员、山东省委书记。1994年调中央工作，先后任中央政治局委员、中央书记处书记、国务院副总理、全国人大常委会副委员长。2003年离开领导岗位。

学习、实践、调研、写作，是姜春云几十年来一贯的工作方式。他先后主编、撰写了《科学世界观》《社会主义市场经济简明读本》《改革辩证法》《中华魂》《党务管理工作指导》《中国农业实践概论》《桥和船——新时期领导方法18篇》《中国生态演变与治理方略》《偿还生态欠债——人与自然和谐探索》《姜春云调研文集》《拯救地球生物圈——论人类文明转型》和《生态新论》等十多部著作。

姜春云曾被山东大学聘任为兼职教授，中国农业大学聘任为名誉教授、人文与发展学院名誉院长、博士生导师。

姜春云诗词选集

姜春云 著

中国文联出版社
http://www.clapnet.cn

图书在版编目（CIP）数据

姜春云诗词选集 / 姜春云著. -- 北京 : 中国文联出版社，2017.11

ISBN 978-7-5190-3284-5

Ⅰ. ①姜… Ⅱ. ①姜… Ⅲ. ①诗词－作品集－中国－当代 Ⅳ. ①I227

中国版本图书馆CIP数据核字(2017)第276008号

姜春云诗词选集(Jiang Chunyun shici xuanji)

著　　者：姜春云

出 版 人：朱　庆

终 审 人：奚耀华　　复 审 人：周劲松

责任编辑：张凯默　　责任校对：李　洵

封面设计：小　马　　责任印制：陈　晨

出版发行：中国文联出版社

地　　址：北京市朝阳区农展馆南里10号，100125

电　　话：010-85923013（咨询）85923000（编务）85923020（邮购）

传　　真：010-85923000（总编室），010-85923020（发行部）

网　　址：http://www.clapnet.cn　　http://www.claplus.cn

E－mail：clap@clapnet.cn　　zhangkaimo@clapnet.cn

印　　刷：北京富泰印刷有限责任公司

装　　订：北京富泰印刷有限责任公司

法律顾问：北京天驰君泰律师事务所徐波律师

本书如有破损、缺页、装订错误，请与本社联系调换

开　　本：710×1000　　1/16

字　　数：100千字　　印　张：12

版　　次：2017年11月第1版　　印　次：2017年11月第1次印刷

书　　号：ISBN 978-7-5190-3284-5

定　　价：56.00元

编者的话

《姜春云诗词选集》是一部作者集几十年来人生经历、工作实践感悟的文学作品。收入选集的诗词90余篇，分为壮美河山、绿染华夏、人文名胜、红色记忆、农耕话语和人生情感六个部分。党的十九大胜利召开，春云同志写了一首《开启新时代新征程——欢庆党的十九大》的新诗，作为第七部分。选集大部分为古体诗词，少部分为新诗、散文诗。综观整部选集，立意高远、题旨鲜明、哲思新颖、见识深邃、文风朴实，读后感人至深。

党的十八大以来，以习近平同志为核心的党中央高度重视文化建设和文艺发展，作出了一系列重大决策和战略部署。2016年10月15日，习近平总书记在中国文学艺术界联合会第十次全国代表大会、中国作家协会第九次全国代表大会的讲话强调指出：文运同国运相牵，文脉与国脉相连。广大文艺工作者要坚持以人民为中心的创作导向，坚持为人民服务、为社会主义服务，坚持百花齐放、百家争鸣，坚持创造性转化、创新性发展，高擎民族精神火炬，吹响时代前进号角，把艺术理想融入党和人民事业之中，做到胸中有大义、心里有人民、肩头有责任、笔下有乾坤，推出更多反映时代呼声、展现人民奋斗、振奋民族精神、陶冶高尚情操的优秀作品，努力筑就中华民族伟大复兴时代的文艺高峰。习总书记的讲话，为新时期繁荣文艺创作指明了方向，设定了目标，提出了新的任务要求和工作思路。

文学创作、出版界贯彻落实习总书记讲话精神，正在集中力量抓反映时代呼声，反映强烈爱国主义、现实主义精神和浪漫主义情怀，把艺术理想融入党和人民事业之中的优秀作品，发挥文学作品引领社会风尚的作用。《姜春云诗词选集》就是一部体现习近平总书记讲话精神，充满一心为民和甘为公仆激情的，高扬社会主义核心价值观的，力求胸中有大义、心中有人民、肩头有责任、笔下有乾坤的当代诗词作品。

读《姜春云诗词选集》，深感通篇蕴含着一种精神、情怀和意境，那就是作者对党、对祖国、对人民、对祖国壮美山川、自然生态、人文名胜、革命先烈和文化典籍的深情热爱和崇高敬意，对改革开放以来我国经济社会事业发展和人民福祉的不懈追求、深度探索和倾情奉献精神，表现了一个共产党人践行理想信念的高度自觉和精神境界。

尽管作者自称写诗填词还是“初出茅庐”，缺少专业素养，但编者认为，作者吟诗填词，述怀言志，笔力深厚，既洋洋洒洒讴歌多姿多彩70载的生活面影，又创新性地将所思所想融汇于诗作，尽显其忧国忧民、奋斗不息之胸襟。在格调方面，遣词造句气象开阔且贴近现实，文白浑然一体，写得潇洒自如又颇见功力；在诗风方面，融浩然正气和责任意识于格律之中，展示了对事业的使命感、紧迫感和求真务实、与时俱进的可贵品格；在修辞方面，明写和暗咏相间，不拘一格，或不即不离，或虚实结合，别有情趣。诗词的注释也写得实在、生动、精辟，体现了思想性、知识性、艺术性的统一。诗以寄情，合为时而著，故奉献此书，以飨读者。

诗词是中华民族优秀传统文化瑰宝，是高擎民族精神火炬的重要一环，出版这样的诗词，对于“筑就中华民族伟大复兴时代的文艺高峰”，具有重要意义。

在《诗词选集》出版之际，姜春云同志说，我的诗词都是在工作实践中有感而发写作的。由于个人诗学素养有限，难免有规制不严、用语不当之处，请读者予以指正。在《诗词选集》编写出版过程中，李文朝、雍文华、高洪波等名专家给予热情关心、指点，谨表示感谢。

编者

2017年11月15日

大写人生的诗意风采

——读《姜春云诗词选集》有感

李文朝

姜春云同志出生于农村，起步于基层。曾任山东省省长、中共山东省委书记，主政山东，享誉齐鲁；后任中共中央政治局委员、中央书记处书记，国务院副总理，全国人大常委会副委员长，一步步走上党和国家领导人的岗位，为国家和人民做了许多大事好事，可谓波澜壮阔的大写人生。然而鲜为人知的是，在姜春云的大写人生中，还蕴含着满怀豪情和澎湃激情的诗意风采。

2017年3月的一天，我应邀来到姜春云同志的住处。87岁高龄的姜春云，精神矍铄、思维敏捷。在热情招呼客人坐定之后，他开门见山地对我说："文朝同志，我是从报纸杂志上读到你的诗词和文章，感到很有时代感，思想性和艺术性都很强，所以一直想找个机会和你当面交流、切磋一下。”我忙说：“感谢首长厚爱！像您这样德高望重的老领导，能够关心、重视中华诗词，是中华诗词事业之幸。我也很荣幸能够有机会当面聆听像您这样的高层老首长在弘扬中华传统诗词方面的教诲。”打开诗词的话题，我们一下子就缩短了年龄和身份上的差距，而且谈得很投机。春云同志关于传统诗词必须关注时代风云，抒发时代情感，反映火热生活，反映人民大众心声等诗词观，我有同感，也很受启发。临别，他递给我一本《姜春云诗词选集》(以下简称《诗词选集》)打印清样，并非常诚恳谦虚地让我抽空审阅指点一下。我说不敢妄言，一定认真拜读。

打开散发着清幽芳香的《诗词选集》样稿，一股历史风云和时代气息扑面而来。《诗词选集》收录了姜春云同志自1982年以来所作的90多首诗词，字里行间表达了他对党、对国家、对人民的真情实感，讴歌了改革开放以来我国发生的历史性巨大变化、取得的辉煌成就，展示了人民群众在改革开放和现代化建设的伟大实践中发挥出空前高涨的积极性和创造力。《诗词选集》意境高远，题旨鲜明、内容丰厚、格调大气、诗风自然朴实。阅读起来犹如身临其境，回味隽永，引人入胜，发人深思。诗言志、言情、言心、言理，“诗词选”蕴含着春云同志高尚的人生观、价值观、道德观。逐篇阅读，掩卷思考，几番感悟油然而生。

一、人生足迹的诗情诠释

我去的那天，正好看到《姜春云人生足迹》画传的清样送审本，于是便向首长借阅了一下。对照《姜春云人生足迹》的具体内容和《姜春云诗词选集》各篇的创作时间，不难看出，《姜春云诗词选集》正是对其“人生足迹”的诗情诠释，体现了春云同志参与改革发展实践，总结群众的创造，在调查研究基础上产生的源于实践、源于群众、源于调研的真知灼见，客观真实地反映了历史，寓思想境界和理性哲思于朴实的诗语中。《姜春云诗词选集》内容上分为六个部分：1.“壮美河山”，2.“绿染华夏”，3.“人文名胜”，4.“红色记忆”，5.“农耕话语”，6.“人生情感”。时间跨度从1982年5月到

2017年出版，描绘了祖国壮美山川的绚丽景色，感怀了环境保护和生态文明建设的现实和远景，歌咏了祖国大地人文名胜的辉煌灿烂，追忆了革命先烈的丰功伟绩，表达了真挚动人又含蓄深沉的亲情友情。

最早收入本诗集的诗篇，是发表于1982年5月22日《大众日报》的组诗《看五莲县山山水水》。这是春云同志担任山东省委副秘书长期间，带领省委办公厅的同志，就山区建设方针问题，到潍坊地区五莲县（现划归日照市）调查研究，有感而发写下的。当时的历史状况是，长期以来，山东不少山区为了保粮，大肆垦荒，将原本就稀缺的林木也砍光了，结果导致水土流失加剧，农林牧业都遭受损失。五莲县较早认识到“山区要致富，就得多栽树”，走出了一条造林绿化、发展生态农业的成功之路。姜春云和调查组认真总结了五莲县的经验，他即兴创作了《绿化》《行路》《园艺》《赞花》四首组诗，把五莲的经验和自己的认识，进行了诗意升华，展现了五莲县“山川葱郁翻绿浪，村村花果处处园”的诗情画意。发表于1984年7月14日《大众日报》的组诗《走黄河千里大堤》，则是通过《摇篮》《功过》《神通》《崛起》四部曲，把黄河的自然壮观、人文地理、历史功过、现实治理、美好未来等，进行了诗意抒发，充分表达了黄河“涓涓细流汇巨川，滔滔黄龙走桑田。翘尾横扫巴山雪，昂首跃入渤海湾”的磅礴大气和“一从江山人民坐，无羁黄龙被降缚”的历史变迁。

1996年7月，作为分管农业农村工作的国务院副总理，春云同志深入到贵州西部石山区访问贫困农民，有感而发创作了《石山区访贫》一诗，历述了“幢幢茅屋居室陋，户户山民少吃穿”的心酸场景，从而发出了“星火急救岂容缓”的心底誓言。春云同志1997年10月到延安，2001年11月到遵义，2002年5月到井冈山、瑞金，2003年9月到西柏坡。在“红色记忆”章节里，他以《满庭芳·延安》《拜谒遵义会议会址》《踏莎行·井冈山》《望海潮·红色瑞金》《庆春泽·西柏坡》等篇目，抒发了“人民江山，得来何易！烈士鲜血写史诗”“观烈士丰碑，经霜弥坚”“长征路遥远”“运筹帷幄破敌阵，摧枯拉朽转乾坤”“今日有幸谒圣地，振兴中华更激情”的继承遗志、接力长征的诗意豪情。创作于2002年11月的《沁园春·马江吟》，则是通过参观福州马尾港，凭吊中国现代海军摇篮，发出了“固堡垒，军民心相连，长治久安”的心声。

春云同志从领导岗位退下来后，依然关心着党的建设、祖国的发展和人民的福祉，这个时期的诗作，也更显得深沉。2003年4月，他在《晚霞曲·离退》的自注中写道：“2003年3月，我从领导岗位上退下来，既感到‘无官一身轻’，又总想回顾梳理一下几十年的实践，做一些有益的探索工作。”并由衷地发出“春华时节忙耕耘，秋实如期当收获”的咏叹。创作于2016年10月的《新型农业赞》则把他1987年在山东诸城县总结的“农工商贸一条龙”的农业产业化经验，与2013年农业部对全国农业产业化龙头企业发展至11万家的统计结果联系起来思考，对现代农业的发展方向“区域种植有规模，专业管理讲精妙；龙头企业强拉动，加工转化腾飞跃。”进行了诗情展现。创作于2016年3月8日的《奔向“十三五”——贺两会》，则抒发了春云同志“绿色中国最美丽”“中华振兴正扬帆”的豪迈情怀。

二、公仆情怀的诗意表达

春云同志作为从农村基层逐步走上党和国家领导岗位的老同志，心系农村，心系大众的公仆情怀，具有其与生俱来的天然性。这种公仆情怀，在他的诗词选集里，也得到了诗意表达。

例如，创作于1982年春夏之交的《农亦工——昌邑县社队工副业见闻》，他欣喜地写道“渤海之滨春意浓，花红时节昌邑行”，“疑是置身厂区中，哪知乡间农亦工”。2000年5月，他到江南农村调研有感而作《农家乐》，热情咏叹道，“耕作方式变，农夫不再忙”“村村建新房，户户奔小康”。1997年6月，春云同志到陕北调查研究，听延安市枣花流域的农民介绍，他们那里全是坡耕地，跑水跑土跑肥。过去广种薄收，人均八亩地全种粮食，还吃不饱。后来建设高产稳产田，把坡地整平，精种高产，亩产千斤，人均种两亩粮食吃不了，剩下的六亩种林果牧草，不仅增加了收入，而且绿化了荒山。2016年10月，他经过多年思考，创作了《耕作变更颂》，在自注中明确指出，广种薄收还是精种高产，是中国农业发展的一个关键问题。并在诗中鲜明地对比道:“山岗坡地跑水土，人均八亩饿肚皮”；“改建高产稳产田，只种两亩吃有余”。2005 年 10 月，他到河北张家口张北县调查研究，目睹坝上的美好秋景和人民的祥和生活，在即兴创作的《坝上秋韵》中吟唱道：“千尺海拔塞外地，无垠原野换素装。”“湿地苇丛鸟飞舞，白云飘处聚牛羊。”“已是秋冬交替时，农牧旅游正兴旺。”

修复自然生态，加强环境保护，改善人民的生存环境，是春云同志公仆情怀的重要情结。在他 70 年的漫长革命生涯中，不论是年少时代、齐鲁岁月还是到中央工作，他热爱祖国河山、关注生态环境的绿色情怀，始终激励着他不断地探索、实践，并逐步形成了日臻完善的生态理念和观点。在山东工作期间，他总结实践经验，曾提出山区开发建设不能照搬“以粮为纲”，应当以林为主，农林牧结合，多种经营全面发展；山东农业要走出产量低且不稳的困境，根本出路在于改土、兴水、栽树、修路，改善农田生态环境；兼任济南市委书记期间，他率先进行马路保洁、“厕所革命”、消烟除尘、治理大气污染、修建环城公园、整治“龙须沟”工商河、实施“大绿化”工程。1987年，他回到省里工作，明确提出建设“海上山东”，启动海上资源的战略性开发与保护；随后又启动了兼顾经济、社会、生态效益的黄河三角洲综合开发；1991年，发起实施“奋斗十年 绿化山东”的造林工程；1993年，倡导全省各地广种银杏树，增加收入，美化人居环境……到中央工作后，他更加自觉地关注、探索、推进环境治理和生态文明建设。

1997年10月，春云同志再次到延安，看到延安地区治理水土流失、建设生态农业取得的成就，有感而发，写下“奔锦绣前程，脚步未停，转战贫穷。建生态系统，全民皆兵。退耕还林还草，小流域，综合治整。依稀见，山川秀美，荒原露笑容。”他在《沁园春·绿染华夏》一词中写道：“人口剧增，毁林垦荒，掠夺开发患无边。”“醒来方知悔憾。毁生态，无异灭人烟！需天人合一，道法自然，良性循环，持续发展”。他在《赤峰防治沙化》一诗中欣喜地写道："千丘杏花映朝阳，万壑骄杨叶正黄。""大漠处处翻绿浪，沙暴从此不再狂！"在四部曲《散文诗·大漠心吟》中，更是对防治土地沙化荒漠化的急切情怀，做了酣畅淋漓的抒发。在《水龙吟·乡情》中他深情地写道："叹年少离家，霜鬓复归，情怀旧，似醉酒。""户户瓦屋楼宇，果园绿，嫩麦如韭。父老温饱，其乐悠悠，吾喜心头。"

特别是，2008 年 7 月，春云同志在《光明日报》发表了题为《跨入生态文明新时代》的长篇论文，提出了"生态文明时代观"这一理论。2012 年 9 月，在长期思考和潜心研究的基础上，他主编出版了《拯救地球生物圈——论人类文明转型》的专著，以 15 篇章，洋洋 45 万字，重新审视了人类与自然的关系，深刻论述了人类文明转型的历史必然性、现实针对性，以及相关目标、方针政策和举措。收录在他诗词选集中 90 多首诗词中，涉及环境保护和生态文明建设的占了很大比重。

三、真情实感的诗心存照

春云同志主张，写诗一定要抒发自己的真情实感，与其无病呻吟，还不如不写。所以，一部《姜春云诗词选集》，可谓是其真情实感的诗心存照。

春云同志作为人子、人夫、人父，首先有一份浓浓的亲情。他在为纪念父亲姜振令诞辰112周年而作的《父亲》一诗中，深情回顾了父亲“八秩含辛黄连苦，求生累弯腰椎骨”的艰辛人生经历和“超凡技艺木工匠，行善百家修镰锄”的助人为乐的风格，以及“育教子女沥心血，理当沐浴报恩雨”的子女欠缺报恩的遗憾。姜春云的岳母刘天香，在曾任胶东抗日联军政治部主任的丈夫李佐民29岁壮烈牺牲后，含悲忍痛抚育革命烈士遗孤，坚持革命到底的风范和奉献精神，令春云同志感动。他在《岳母》一诗中，寄托了对她老人家的无限哀思，表达了崇高敬意：

战火绝情亲人逝，哀天泣地无回音。
烈士捐躯万民颂，家人悲痛顿失魂。
携子带女苦度日，传承遗志献忠心。

狂风暴雨识劲草，高风亮节励后人。

在2003年为老伴李志娥70周岁生日而作的《老伴》一诗中，则深情地写道“风雨兼程七十冬，行进路上步未停”、“不枉艰辛大半生，学业事业皆有成”的人生点赞以及“忘忧解烦心态平，欢乐祥和夕阳红”的晚年祝福。而在《忆段君毅同志》《忆王众音同志》《忆张明同志》等篇什中，则抒发了春云同志对老领导、老同志的深情厚谊。在自己75岁生日杂感《生命常青》一诗中，他又显现出“人生短暂可延绵，万物消长总有缘”“时光珍惜莫枉度，当把美好寄人寰”的坦然与淡定。

春云同志的真情实感，还超出了亲情、友情等情感范围，升华到对祖国大好河山和中华厚重文化的热爱之情。在《岱宗吟》一诗中，他热情地歌颂了中国“五岳”之首的东岳泰山“历尽沧桑几多变，岱宗凌空亿万年”的雄伟壮丽之自然景观和“傲立华夏护国泰，稳如磐石佑民安”的象征“国泰民安”之人文价值。在《长白山天池》一诗中，他倾情赞颂了充满神话传说色彩的长白山天池“山高拔地九千尺，池水湛蓝百丈渊”“九天仙女别瑶池，彩裙飘飘再下凡”的人间仙境之风韵。在为我国古代“四大书院”之一的河南“嵩阳书院”所写的诗篇中，他深情礼赞了中国书院文化的源远流长和历史变迁——“世人皆知少林武，鲜闻嵩阳书院古”“学术论读逾千载，争鸣声中睿智足”“华夏文明源流长，而今挥毫绘新图”。在河北省张家口市涿鹿县参观黄帝城三祖文化遗址后，他豪情满怀赋《瞻仰黄帝城》一诗，赞颂轩辕皇帝“合符都邑涿鹿城，三祖联盟大一统”的实现中华统一、开创千古文明之历史功业，展望中华民族“华夏文明千古秀，东方巨龙正升腾”的美好未来。

写诗填词是诗人的心灵写照。不论居庙堂之高，还是处江湖之远，凡为诗者，都有自己观察社会的视角和感悟生活的体会。像春云同志这样，曾经身为党和国家领导人，还能够几十年如一日，激情澎湃，笔耕不辍，以实际行动写诗填词，关注中华诗词事业，其行为感召力是不言而喻的。为此，我作为一名弘扬中华诗词事业的后来人和志愿者，向春云同志表示敬意！

认真拜读了《姜春云诗词选集》之后有感而发，匆匆涂鸦了上述文字，不当之处，请春云同志批评赐教。

（2017年3月31日于北京齐贤斋）

（李文朝，曾任中国人民解放军电视宣传中心主任，少将军衔，高级记者，新闻传播学硕士研究生导师，享受国务院政府特殊津贴；现为中国作家协会诗歌委员会副主任，中华诗词学会常务副会长。）

目　录

一、壮美河山

二、绿染华夏

三、人文名胜

四、红色记忆

五、农耕话语

六、人生情感

七、开启新时代新征程

美山壮河

岱　宗　吟[①]

历尽沧桑几多变，岱宗凌空亿万年。
傲立华夏护国泰，稳如磐石佑民安。
帝王代代竞封禅，人文自然双遗产。
虽说一览众山小，当知天外还有天。
喜借东风绘新采，如今东岳更壮观。

2002 年春节

作于山东省泰安市

注：① 泰山又名“东岳”“岱宗”，系中国五岳之首。其基岩形成于28亿年前，历经沧桑变幻，最后在距今3000万年前从海洋中昂然崛起，成为几百平方公里刚峻、坚挺的山系。泰山雄伟肃穆、景色灵秀、林木繁茂，富神秘感，是华夏国泰民安的象征。黎民百姓把“泰山石敢当”作为驱邪恶、保平安的精神寄托。岱宗自古以来就是儒、佛、道家文化繁衍地。秦以来的2000多年间，先后有12位有名望的皇帝前往封禅、祭祀，文人墨客、侠士来此云游者不计其数，留下了大量珍贵的碑碣石刻等历史文物，被誉为“东方文化宝库”。历年参拜、游览者甚众。泰山被联合国教科文组织列为“世界文化与自然遗产”。

走黄河千里大堤

——散文诗[①]

摇 篮

涓涓细流汇巨川，滔滔黄龙走桑田。
翘尾横扫巴山雪，昂首跃入渤海湾。
炎黄子孙摇篮地，灿烂文明昭人间。
一部中华荣辱史，载满神州甜与酸。

功 过

人间自古谁无过，黄河自悟亦有错。
洪水一泄漫千里，百姓万家遭灾祸。
一从江山人民坐，无羁黄龙被降缚。
筑堤建闸辟新渠，引来甘露驱旱魔。

神通

长城雄伟盖世，黄河神通无穷。
飞越高山峻岭，奔腾平川西东，
搬来高原沃土，填平海浪千层。
冲积良田万顷，繁衍世代生灵。

崛起

银河高天窃窃语，华夏大地紫气盈。
三中全会航向正，人民十亿忙振兴。
喜看绿洲群井立，油龙伴着黄龙行。
沉睡雄狮已觉醒，古老中华崛起中。

注：①《走黄河千里大堤——散文诗》是我 1984 年 6 月巡视黄河有感而发所写，《大众日报》1984 年 7 月 14 日刊登了这一组诗。

沁园春·沙湖①

纳吐黄河，影印贺兰，景色俏然。看碧水蓝天，金沙镶嵌；绿岛千簇，荷绽红颜；鱼跃船头，水鸟翩翩，好一个天然乐园。抵彼岸，登漠峰望远，感慨万千。

湖连广袤平川。千里沃野、农田陌阡。叹西夏文明，仅留余残；水系依稀，尚可寻观。而今宁夏，容颜巨变，五业盛兴人马欢。游人赞，谓塞上江南，名不虚传。

1996 年夏

作于宁夏自治区

注：①沙湖位于宁夏自治区石嘴山市，西依贺兰山，东濒黄河，水域千顷，湖中生长着大面积的芦苇、荷花等水生植物。沙湖南岸是一片广袤的沙漠、农田，与湖水相映，沙水相连。金沙、碧水、翠苇、彩荷、飞鸟、游鱼……形成独具特色的秀丽景观，是一颗融江南秀色与塞外壮景于一体的“塞上明珠”。

岩溶·喀斯特[1]

千姿百态喀斯特，地壳逶迤竞秀色。
巍峨山峦连天际，巨石奇峰何其多。
怪异泉涌地下河，溶洞魔幻秘未揭。
敬佩老天好功力，鬼斧神工巧雕琢。

1999 年 4 月

作于广西自治区南宁市

注：①喀斯特，系石灰岩在地壳变动和水溶、风蚀作用下形成的种种奇特地貌和地下溶洞构造，由亚得里亚海岸的喀斯特高地而得其名。历经亿万年的自然雕凿，大片大片石灰岩变成为陡峭险峻的悬崖，深不可测的沟壑、峡谷，高耸入云的峰峦、石林，神奇的溶洞、地下河，呈现了形状各异的奇观。中国是喀斯特地貌分布最广、最典型的区域。桂林山水、贵州的穿洞河瀑布、广西和云南的石林、张家界的山石奇观以及散布在华南、华东和华北、东北地区的许多奇特山川、溶洞等风光，都是岩溶的产物。实为大自然赐予人间的珍贵遗产。

长白山天池[1]

群峰耸立白云间，峰巅尽涌三江源[2]。
山高拔地九千尺，池水湛蓝百丈渊[3]。
烟云缥缈多变幻，骤雨碧空一瞬间。
天池日夜奔流急，湖水一向不增减。

稀世生物新天地[4]，瀑布落处聚温泉[5]。
陡峭悬崖阴阳界，莽莽林海漫无边。
原本人稀荒凉地，如今已是极乐园。
九天仙女别瑶池，彩裙飘飘再下凡[6]。

2001年7月20日

作于吉林省

注：①登长白山观天池，是我多年的心愿。2001年7月中旬，借到吉林调研之机，有幸目睹了长白山天池的奇特景象，感慨至甚。

②长白山系总面积8000余平方公里，有16座山峰海拔在

2500米以上，主峰海拔2692米。天池是松花江、图们江、鸭绿江的源头。

③天池又名图们泊，原意为万水之源。湖面约10平方公里，犹如镶嵌在长白山上的明珠。湖水深373米，是我国海拔最高、水最深的火山湖泊。

④由于特殊的自然气候条件，长白山生长着大量名贵动植物，如虎、豹、貂、鹿、麝、水獭、猞猁等，名冠中外的人参、貂皮、鹿茸"关东三宝"，质地优良的灵芝、猴头、木耳等不下几十种山珍及数不清的奇花异木。

⑤天池瀑布飞流直下，冲向深谷，浪花飞溅，气势磅礴，素有"天际白练""碧水悬崖万古流"之美称。瀑布下方，偌大一片温泉群，泉水汩汩涌出。

⑥相传古代曾有仙女下凡，来长白山布尔里湖沐浴的美妙神话。

望海潮·镜泊湖[1]

牡丹江流，群峰峥嵘，湖水清平如镜。岛湾错落，山环水映，雨后新绿葱茏。天赋美姿容。古火山喷涌，镜泊生成。万年风雨，精雕细琢鬼斧工。

水下鱼鳌迷宫。隆冬破坚冰，网鱼堆陵[2]。玄武断崖，瀑声隆隆，腾出百尺飞龙。夏日送凉风。观游客蜂拥，忘却归程。岁岁风调雨顺，乐了众百姓。

2001年7月22日

作于黑龙江省牡丹江市

注：①镜泊湖地处牡丹江干流，是由远古五次火山喷发、大量熔岩阻塞江流而形成的长45公里、宽3–5公里、海拔350米的湖泊。

②镜泊湖是鱼类繁殖生长的天堂，有49种鱼类。每到冬季，破冰捕鱼是一大盛事。在厚达1–2米的冰层上凿洞，放绳撒网，由拖拉机牵引，据说一网曾捕获湖鱼数以十万公斤。

天星桥[1]

银河流水地下过，天星桥上景色绝。
千姿百态翠屏秀，陡涧峡谷险象叠。
青藤攀居石林壁，峰巅造化仙人国。
天然盆景多妙色，可赏可思不可得。

2001 年 11 月 11 日

作于贵州省黄果树自然保护区

注：①天星桥是黔西黄果树风景名胜景点之一，面积数平方公里。相传是天河水泻入地下（实为上游大瀑布之水渗入地下溶岩），又涌出地面。景区内石笋密布，涧峡纵横，溪水潺潺，树藤混交，峰巅长满仙人掌等植物，形成景点多似繁星的奇特自然风光。

雁 荡 山

碧波绿浪荡峰涧，龙湫[①]百丈凿深潭。
高空飞人[②]惊游客，悬崖佛洞[③]绕紫烟。
夜色朦胧入仙境，移步换形现奇观。
群雁飞过留倩影，且看千古雁荡山。

2002年3月

作于浙江省温州市

注：①龙湫，即大龙湫，是浙江雁荡山著名的瀑布。

②高空横渡特技表演。

③合掌峰藏有观音洞，洞高113米，深76米，宽14米，依岩石构筑九层楼阁，香火缭绕不断，被誉为雁荡山第一洞天。

蓦山溪·柘林湖[①]

萋萋芳草，滴翠林竹密。观万顷碧波，千岛立，葱茏无际。山重水复，峰转景色奇。烟雨里，画中游，似仙境飘逸。

上溯江流，下有鄱阳伴。本水乡泽国，年年淹，百姓苦难。一坝高筑，沧海变桑田。庐山喜，不禁叹，江州换新颜。

2002年5月29日

作于江西省九江市

注：①柘林湖位于江西省九江市修河中游、庐山右侧，下游为鄱阳湖。其水利枢纽工程建成于1983年，水面300平方公里，蓄水70多亿立方米，兼有发电、防洪、灌溉、航运、水产、旅游等多种功效。湖内有大小岛屿997座，岛上林木葱茏，景色秀丽，气候宜人，是新开辟的游览休闲胜地。

云台山[①]温盘峪

峡峪蜿蜒藏真容，幽奇险秀露神采。
群瀑贯耳清流急，银帘飘渺垂绿苔。
酷暑谷底凉八度，严冬犹有山花开。
天筑画廊人间美，游人四季揽胜来！

2002年6月16日

作于河南省焦作市

注：①云台山位于河南省焦作市修武县和山西省晋城市陵川县交界处，地形特殊，气候随海拔与山势变化各异，原始次生林覆盖了整个山峦，林木和奇花异草种类达500多种。温盘峪是云台山景观之一，10亿年前震旦纪地壳运动，造成山体裂缝成隙。峪深80余米，宽不过丈余，峪上方群山环抱，致使这又窄又深的峪内空气不能与外界的大气候顺畅交流，便形成了自己独特的小气候。盛夏时，峪外酷热难当，峪内却一片秋意，凉爽舒适；隆冬季节，峪外冰天雪地，峪内却花红草绿，春意盎然，仿佛处

在恒久的温暖中，故名“温盘峪”。2004年2月13日，云台山被联合国教科文组织评选为全球首批世界地质公园，还被列为国家森林公园。

满庭芳·新疆天池

雪原冰川，水绿天蓝，云杉深居峰峦。王母瑶池[①]，似翡翠镶嵌。处处花团锦簇，艳而雅，幽香四溅。骄阳下，歌咏舞翩，游人尽欢颜。

伫立池峰巅，遥望天山[②]，巍峨横贯。新疆辽阔地，色彩斑斓。茫茫戈壁荒原，大漠魂，魅力无限。看绿洲，沃野千里，乃生机盎然。

2002年9月20日

作于新疆自治区乌鲁木齐市

注：①天池古称“瑶池”。传说是西王母宴请众仙的地方。“天池”又称“天镜”“神池”。

②新疆天山山脉长达1760公里，占天山山系总长度的3/4以上，横亘新疆全境。

沁园春·长山列岛[①]

仙人远游，踪迹杳然，景象非凡。看烟波浩瀚，岛群浮现，千里海域，碧浪竞帆。九丈悬崖，奇石月湾，鸟蛇鱼贝极乐园。长尾滩，一足踏二海，双潮齐观。

昔日秃岭荒山，今巨变、层层绿浪翻。观耕海牧渔，网箱养殖，渔农富足，户户欣欢。古今文明，底蕴渊远，异彩璀璨为人先。实考究，神话本虚幻，岛民即仙。

2003年5月10日

作于山东烟台市长岛县

注：①长山列岛位于渤海、黄海交汇处，古称沙门岛、庙岛群岛。列岛由32个岛屿组成，陆域面积56平方公里，海域面积8700平方公里，常住居民4.25万人。岛上风光秀丽，峭崖涵洞、奇礁异石，偶尔还能观赏到海市蜃楼、平流雾和“过龙兵”（鲸鱼群）等海上奇观，被誉为“海上仙境”。长尾滩为渤海、黄海之分界，站在此滩可同时观看二海潮起潮落。

新中国成立后，长岛军民大搞植树造林，其森林覆盖率达到60%，自然生态显著改善。每年途经长岛的候鸟达320多种、120多万只，种类占全国24%。岛上设有国家级鸟类自然保护区。

长山岛距今6500多年的北庄史前遗址，是我国渔猎文明的典型，与农耕文明西半坡文化有等同的历史价值，被考古学家称为“东半坡”。20世纪80年代，此地出土了一个距今有2.5万的人类头盖骨，还出土东周墓葬近百座，其中有七鼎诸侯墓一座。建于北宋宣和四年（1122年）的庙岛妈祖显应宫，与福建湄洲妈祖庙并称为“南北祖庭”。

耕海牧鱼，深水网箱分层养殖是长山岛的一大发明，亩水面收入万元、几万元，相当于四五十亩农田作物的价值，岛上渔民率先致富。1987年秋，山东省委、省政府总结推广长山岛和荣成县的深水养殖经验，提出“建设海上山东”的发展战略，获巨大成功。

望海潮·白洋淀①

上溯太行，百淀相连，尾垂千里海湾。沟壕纵横，岛屿相间，苇蒲蔽水接天。育万顷荷莲。赏自然胜景，目不暇观。皇家名流，驻足忘返，遗名篇。

当年硝烟弥漫。雁翎击日寇，智勇双全。今逢盛世，淀容焕然，风姿分外娆妍。绿丛鱼鸟欢。花香园区里，景色非凡。谁人不喜桃源？！该当早观览。

2003年9月16日

作于河北省保定市

注：①白洋淀面积366平方公里，由143个大小淀泊和3700多条沟壕构成，自然风光秀丽，尤以大面积芦苇、荷花著称于世。这里既有历代帝王文人墨客留下的诗文遗迹（据称康熙、乾隆在此修建过4处行宫，来过许多次），又有抗日战争的英雄事迹和优秀文学作品。整修后的白洋淀，成为生态良好、内涵丰盈的观光旅游胜地，被称为“华北明珠”“水乡田园”。

风入松·博鳌

万泉河水五指风，入海溢深情。天然风光画一幅，园区里、不尽幽静。圣洁玉带落定[①]，河海各奔西东。

荒凉小镇展新容，芙蓉花正红。现代水城多功能，声自远、游人蜂拥。亚洲论坛落户，博鳌如日东升。

2000年元月12日

作于海南岛博鳌

注：①万泉河入海处，有一条长数公里宽三五十米自然形成的沙堤，将海河之水一分为二间隔开，成为游人观光揽胜的独特景观。

东镇沂山[1]

高耸入云雾蒙蒙，峰巅隐现齐长城。
山谷槐花醉游客，沟壑巨石伴人行。
帝王祭山为宝座，百姓祈天求安生。
虚幻神灵何处觅？独有瀑布万古鸣。

2003年5月20日

作于山东潍坊市临朐县

注：①沂山，又名东泰山、小泰山，海拔1032米。环绕着主峰，屹立着29座不同风姿的峰巅，气势非凡，景色秀丽。素有“泰山为五岳之尊，沂山为五镇（东镇沂山、西镇吴山、南镇会稽山、北镇医巫闾山、中镇霍山）之首”之称。群山起伏，地势险要。战国初期，齐国依山势修筑的长城遗址尚在。据《青州府志》记载，汉以来，历代王朝都曾对沂山设关、树碑、建庙、立祠、祭拜。沂山万松凝碧、千流竞发，为沂、沭、汶、弥四河的发源地。主要游览胜景有东镇庙、百丈崖瀑布、法云寺、双崮天阙、玉皇顶等。

蓦山溪·后石坞[1]

泰岱北麓，林海花香浓。峰嶂弥漫处，听鸟语、流水淙淙。悬崖陡壁，参天古木丛，药草生，赤灵芝，品优享盛名[2]。

天生胜境，人言此地灵。置身林荫中，寂无声、抚面凉风。人烟寥落，崎岖路难行。方悟到，后石坞，得益生态平。

2002年10月初

作于山东省济南市

注：①后石坞位于泰山背阴，地形奇特，长年云雾笼罩，气温多变。诸多洞穴，寒气袭人。黄花洞曾出现过“六月寒冰坚如柱”的奇观。仲秋季节至此，可见四季并存的美景：花的阳春，溪的盛夏，果的金秋，洞的隆冬。

②特殊的自然生态，在林荫深处，生长着诸多名贵中草药，尤其是赤灵芝，品质极优，享誉中外。

崇　明　岛[1]

江海良缘得贵子，崇明如意舒身躯。
生态定位逾十载，而今绿丛堆金谷。
田园风情迎游客，天人和谐民寿福。
宜居环境价无穷，何日江水澄浊污？！

2008 年 10 月 3 日

作于上海市崇明县

注：①崇明岛乃系长江与东海之杰作，为全球最大河口冲积岛。据记载，崇明岛形成于 1300 年前的唐代，当时的面积不过几十平方公里，至 20 世纪 50 年代，面积达 608 平方公里。鉴于江流水急，新淤积的陆地常被冲走，当地干部群众于 1958 年在岛的边缘筑起长 150 公里、宽 6 米、高 4 米的拦水坝，既护住了已有的陆地，又使大量泥沙急剧聚积，岛的面积在 50 年间扩大了一倍，目前已达 1267 平方公里。作为共和国年轻的土地，大部分还是原生态，如何开发、保护，是很重要的课题。1997 年 10 月，在上海市有关同志陪同下，我考察了崇明岛。肥沃的冲积土壤，芦苇丛生的湿地，纵横交错的水系，给我和同往的同志留下了深刻、美好的印象。当时我曾提出，一定要把岛上的自然生态保护

好，开发与生态兼顾，在保护优化生态环境的前提下，发展农林牧副渔业和无污染的工业、商贸旅游业。时光荏苒，11 年后的今天，我有幸重访崇明岛，其新面貌、新气象尽收眼底。绿彩浓重，水网如织，路桥连通，村落换颜，居民富足，一派欣欣向荣景象。尤其是，全县 75 万亩农田中的 40 万亩水稻，长势喜人，金黄盖地。事实表明，多年来崇明县的党政领导认真做了生态立县，科学发展，人与自然和谐的文章，在岛域的大地上书写、描绘了最新、最美的文字和图画。

耳闻目睹，长江水流浩渺，利国利民，贡献巨大，然而，其混浊之色及污染之患，深为民忧，当是着力破解之题。

散文诗·黄河三角洲赞

共和国最年轻的疆土，
是滔滔黄河水的施偿。
曾经是一望无垠的不毛之地，
满眼的盐碱、荒滩，
鲜有人烟，
留下的是不尽的贫瘠与荒凉！

是改革的春风，
唤醒了这片沉睡了千百年的齐鲁“北大荒”。
不过二十几年的光景，
这广袤的原野变成了另一幅模样。
一座现代化城市——东营拔地而起，
我国第二大油田在这里诞生成长，
农林牧副渔五业兴旺。
村村沥青路，

户户自来水，
富起来的农民住上了楼宇、瓦房。
尤其令人欣喜的是，
在盐渍的土地上营造出大面积灌区、林带和牧场。
绿树行行，
苜蓿芳香，
水渠成网，
芦苇沟塘，
好一派江南风光！

油洲加绿洲，
当初绘制的黄河三角洲综合开发蓝图，
正在变成为现实，
累累硕果折射出璀璨的光芒。
良好的创业开发环境，
丰盈的自然资源，
深得中外客商青睐，
成为投资的热点，

人财物竞相向这里流淌。
数以万计的珍禽异鸟也羡慕这“世外桃源”般的风光，
不远万里来到黄河入海流的自然保护区，落户、休闲、
游览、观赏。

远来的黄河水长流不息，
炽热的油田精神、东营精神代代弘扬，
改革开放焕发出勃勃生机，
转化为强大的物质力量。
今日的黄河三角洲
已是万紫千红、蒸蒸日上；
可以预想，
她的明天，
将更加辉煌！

2003年5月28日

作于山东省东营市

染夏
緋華

沁园春·绿染华夏

寰宇茫茫，神州邈邈，沧海桑田。溯远古文明，农牧初试，林深草繁，绿色河山。人口剧增，毁林垦荒，掠夺开发患无边。历万年，叹沙化荒漠，大地伤残。

醒来方知悔憾。毁生态、无异灭人烟！需天人合一，道法自然，良性循环，持续发展。兴水之利，广植乔灌，再造我壮美山川。齐奋勉，为绿染华夏，人人登攀。

2003 年 11 月 12 日

作于北京

水调歌头·瑞雪

夜深飘鹅毛，入梦人未晓。大地银装素裹，惠泽知多少？甘露细润万物，满天浊气横扫，有害菌毒消。千里气象新，万民乐逍遥。

天公善，重恩施，多奉献。镜鉴人间，有几许善待自然？世上几多灾难，生态伤害尤惨，当深省幡然。但愿行善举，呵护大自然。

2000 年隆冬

作于北京

水龙吟·乡情[①]

梅岭九顶聚首，沟溪纵横汇清流。芦苇丛生，菰蒲盈洲，古木苍幽。儿时结伴，打草捞鱼，戏水畅游。叹年少离家，霜鬓复归，情怀旧，似醉酒。

户户瓦屋楼宇，果园绿，嫩麦如韭。父老温饱，其乐悠悠，吾喜心头。美中遗憾，苇蒲无存，不见溪流。秀色何日还？！翘首相望、梦寐以求。

2003 年 5 月 19 日

作于山东青岛莱西市

注：①我的故乡山东省莱西市岗河头，西倚“九顶梅花山”，东临潴河。昔日，西岭丘岗之水汇流村庄内外，形成了长流不息的西北沟、西沟、西水流、前沟、南水流、东北沟、东沟、东水流、凉水湾等沟湾溪流。这些水流又都与潴河联结。沟湾溪河两侧，多为芦苇领地。水中生长着繁茂的菰蒲、藻蕨等植物，是鱼虾的乐园。村中及周围满是参天古木大树。应当说，那时的自然

生态是好的，但村民生活贫困，“糠菜半年粮”不得温饱者居多。新中国成立后、特别是改革开放以来，农业和农村经济快速发展，村民脱贫致富，村貌焕然一新。遗憾的是，溪湾被填平，清流尽失，芦苇菰蒲荡然无存，古木大树已不见踪影。潴河也干涸了，沙被挖光。恢复和建设林草繁茂、溪水长流的绿色家园，实乃当务之急。

兴 凯 湖①

天际碧空云写意，琴海浩渺浪卷堤。
九龙吐水源流急，百里湖岗翠欲滴。
湿地鸟群天伦乐，苇蒲鱼虾任栖息。
苍天有德施奇境，原始生态当珍惜。

2003年7月23日

考察黑龙江兴凯湖有感

注：①兴凯湖又名北琴海，总面积4830平方公里，为中俄两国之界湖。在我境内还有一个330平方公里的小兴凯湖。湖区景色秀丽，由风浪自然构造的百里湖岗，成为大小湖的湖界。湖岗林木葱葱，花草繁茂。湖中鱼虾丰盈，尤以大白鱼、小白虾著名。有200多种鸟类栖居于此。这片地球罕见的大湿地，原始生态良好，实属难得，当严加保护。

沁园春·海湾湿地[①]

高楼林立，车水马龙，闹市藏娇。观海湾湿地，百顷绿洲，天水一色，生物竞俏。红树林丛，苇蒲繁茂，鱼鸟逐波腾飞跃。谁料到，繁华都市里，生此静岛。

满目荒凉滩涂，引绿色开发有深韬。设计讲精巧，生态为要；游人设限，广植林草；湿地研究，注入科教，综合价值分外高。看深圳，建美丽城市，独领风骚。

2016年春节

参观深圳华侨城海湾湿地公园

有感而发，填词一首

注：①华侨城湿地公园位于深圳湾一侧、闹市区中间。曾是填海留下的125公顷浅海滩涂，经多年的修复、重建，再现了湿地自然生态风貌。海湾湿地有近4万平方米红树林，大片芦苇、草甸和宽阔的水面，吸引了100多种、数千只水鸟在此栖息、繁衍。这里还是候鸟的中转站，每年往返于西伯利亚到澳大利亚的数万只候鸟在此停留。园内设有湿地自然学校、湿地博物馆、志

愿者队伍和研究检测机构。为防止人为干扰，参观湿地者数限制每日 200–300 人。深圳海湾湿地幽静、壮美、多彩，在国内外大城市繁华闹区绝无仅有，堪称典范。

满庭芳·枣庄榴园[1]

峄山横贯，错落蜿蜒，育万倾石榴园。绿丛滴翠，火红花吐艳。娇态丰姿奇异，祖根远，岁已逾千。园中园，元老榴院，风骨尤非凡。

信步青檀谷，凉风抚面，奇观珠连。尝古木参天，泉流潺潺。看悬崖千岁檀，铸石间，生机盎然。登寺庙，幽谷通览，文化底蕴渊。

2004 年 5 月 14 日

作于山东枣庄市峄城区

注：①枣庄市峄城区石榴园，横卧峄山，长 20 多公里，面积 10 多万亩，有石榴树 500 多万株。园内风光秀丽，色彩斑斓，多名胜景观。尤以园中园、青檀谷、古寺庙、涌泉飞瀑、碑刻石山碣和女娲冢、匡衡墓等最有名。在我国北方罕见的青檀树，落户此间，生机盎然，绿染山谷陡涧。一株株千年青檀，根扎石壁，昂首凌空，其不畏艰难、一往无前的风骨，令人惊叹。

赤峰防治沙化[①]

千丘杏花映朝阳，万壑骄杨叶正黄。
林网纵横腾阡陌，草灌紧锁流沙浪。
一张蓝图绘到底，五十春秋铸辉煌。
大漠处处翻绿浪，沙暴从此不再狂！

2002 年 4 月 20 日

作于内蒙古自治区赤峰市

注：①赤峰历史上是重沙化区域。全市 9 万平方公里，77% 是沙漠，森林覆盖率只有 5%。新中国成立以来，全市人民大搞封沙育林育草，营造防护林带，防沙治沙取得显著成效。目前林木覆盖率已达到 25.6%。与过去相比，沙暴日益减少，无霜期延长，生态环境明显改善，农林牧副渔业持续快速发展，粮食总产量增长 10 倍，农牧民的收入也大幅度增加。赤峰是全国林业生态建设先进市，并获国际社会赞誉。

东风第一枝·银杏赞[①]

跨越冰川，经世亿年，睹沧桑几度变。挺拔峻立傲然，风姿婀娜身段。年轮逾千，枝叶茂，生机无限。蕴含稀世无价宝，精华惠泽人间。

尤可贵，高洁风范。拒百毒，一尘不染。根扎神州大地，落户不问贫贱。只作奉献，不索取，堪为镜鉴。自然王国论精英，银杏当摘桂冠。

1998 年夏

作于北京市

注：①我看过全国各地许多银杏树，感慨良多。特别是看了北京西山潭柘寺的古银杏树，有感而发写了这首词。位于北京西郊的潭柘寺，始建于西晋，距今已有 1700 年历史，素有“先有潭柘寺，后有北京城”的民谚。寺内毗卢阁前，有两棵数人合抱粗的古银杏树，植于唐贞观年间，树龄已逾 1300 年，一曰“帝王树”，一曰“配王树”。两树高 30 多米，历经千年风雨依然枝叶茂盛，气势非凡。

踏莎行·杜鹃花[1]

初春二月，百花待萌，惟杜鹃花开顶凌。满山遍野耀眼红，游人驻足误归程。

色彩斑斓，淡雅情素，身姿婀娜群芳妒。梅兰自古享盛誉，杜鹃自有高风骨。

2001 年春

作于湖北省神农架

注：①杜鹃花又名映山红，是一种生长在山岗丘陵耐寒耐瘠薄的植物。在大地尚未完全解除冰霜冷冻的早春，杜鹃即“顶凌”吐蕾绽花，其艳姿与风骨不在梅兰之下。

钻天杨[1]

挺拔玉立钻天杨，万绿丛中一栋梁。
春来紫玉缀满树[2]，夏日绿伞遮骄阳。
秋风鸣奏晚霞曲，冬时叶落遍地黄。
不畏严寒育新蕾，待到来年再辉煌。

1998 年秋

作于北京中南海

注：①钻天杨，又名毛白杨，主要生长在我国长江、黄河流域的华东、华北、西北地区。树干高耸挺拔，树冠姿态优美。钻天杨喜光，耐干冷气候。

②钻天杨早春盛开一树紫色的花。

海　棠　树

清明花开正当时，海棠富贵总来迟。
婀娜芳姿轻飘逸，艳丽花束缀满枝。
蜂蝶羞吻俏花蕊，游人迷恋步难移。
秋来硕果晶似玉，年年吉祥送如意。

2002 年春

作于北京中南海

刺槐花赞

深春百花一时稀，十里刺槐花满枝。
簇簇穗穗溢香气，玲珑玉雕冰雪肌。
蜂群酿蜜飞行急，农夫播种抢争时。
春华季节当珍惜，莫到晚秋后悔迟。

2003年5月中旬

作于山东潍坊昌乐县

芦 苇 颂

代代根生河塘湖，婷婷玉立水中竹。
鱼虾水族繁衍地，蓝翠紫燕常出没。
春来尖笋竞相发，秋日芦花白云拂。
奉献人间一片绿，宁折不屈高风骨。

2003 年 5 月 25 日

作于山东省东营市

绿色大庆

昔日铁人奋战处，而今绿荫掩新城[1]。
水乡泽国湖泡群，引江补源溪流清。
千里湿地飞白鹤，万倾苇蒲绕水行[2]。
人间自有福寿地，游客纷来忘返程[3]。

2003年7月29日

作于黑龙江省大庆市

注：①大庆是一座依油而建、因油而兴的资源型城市。大庆一带，清初为游猎之地，20世纪初开始放荒招垦，村屯渐多。1959年发现油田，1960年油田所在地设立安达市，1979年更名大庆市。大庆油田为国家石油开发作出了巨大贡献。同时，坚持“生态优先”理念，创造了人与自然和谐、绿色发展的新局面。

②全市有湖泡、水库、蓄滞洪区及重要湿地90多个，水面面积450平方公里，湿地占全市总面积的60%。

③大庆良好的自然环境成为候鸟的天堂，是东北亚鸟类重要的繁衍生息地和迁徙通道。每年有上百万只鸟类路经大庆迁徙南方。

坝上秋韵

千尺海拔塞外地，无垠原野换素装。
萋萋芳草敛碧色，丛丛白杨叶已黄。
湿地苇丛鸟飞舞，白云飘处聚牛羊。
已是秋冬交替时，农牧旅游正兴旺。

2005 年 10 月初

作于河北张家口市张北县

散文诗·大漠心吟

（一）

莫道我如此荒寂，
沙丘连绵不毛之地，
一望无际。
莫道我狂暴无比，
疾风席卷沙尘，
飞扬万里。
莫道我横行不羁，
时刻长驱直入，
吞没乡村、城镇和土地。
这些都是事实，
却并非是我的本意。

（二）

我也曾有过美好辉煌时期，
值得人们与我一起回忆。
为什么在我的身底下，
乌金——煤炭的蕴藏那样丰厚？
这不足以证明这里曾经古木参天、森林茂密！
为什么在我的身底下生成那么多的石油、天然气？
这不足以证明当初这里曾经是水域汪洋，
藻类和微生物高度聚集！
为什么在我的身底下发掘出那么多的动植物化石？
这不足以证明这里曾经是古生物繁衍生息的兴盛之地！
为什么在我的地盘里遗留下一座座残破的城池和古迹？
这不足以证明这里曾经农牧商贸繁荣、人烟稠密！
这些都是事实，
那是很久很久的过去，
现在一切都风光不再了，
留下的是无尽的遗憾、荒寂和哭泣！

（三）

大漠历尽万古沧桑，
变成了今天这般可怕的模样，
成为地球最大的伤口，
成为自然界的怪异，
人世间的恶疾。
然而这又能怨谁呢？
要怨老天，
老天不该把喜马拉雅山造得那么高，
阻挡了海洋暖流的进入，
导致华夏“三北”地区的雨量急剧减少，
漠区长期干旱缺水，
季风侵蚀，
大片大片的土地成为沙漠戈壁。
讲公道话，
更要怨人们自己，
那就是长期以来实行非理性的掠夺式开发，

大规模毁林毁草垦荒，
广种薄收，
超载放牧，
战乱破坏，
滥采滥挖……
为满足一时的需求，
不惜以牺牲自然生态为代价，
造成大地沙化荒漠化日益加剧。
人类的贪婪与掠夺，
招致了大漠无情的报复和惩罚，
这个惩罚深重而严厉！

（四）

大漠越来越肆无忌惮，
进入了恶性膨胀时期，
每年吞蚀的国土面积竟相当于两个中等市县！
难道这狂暴的恶行就没有救了吗？

这是一个发人深思的大问题；
要说救，
难又不难。
实践一再告诫人们，
遵循自然规律防治，
就能够旧貌换新颜；
继续逆自然规律而行，
治理就难于上青天。
停止一切掠夺式开发，
给自然生态以必要的休养生息，
把湿地还给自然，
把湖河还给鱼虾，
把草原还给牛羊，
把森林还给鸟兽，
把绿色还给每一寸土地！
在全国人民奋力防治沙化荒漠化、
建设壮美山川的伟大进军面前，
大漠在沉思，在盘算，在企盼，

或许在今后的三十、五十、一百年里，

自己的容颜会根本改观，

重新焕发出历史上曾经有过的林草繁茂、

山清水秀的盎然生机，

回到那失去千万年的百花争妍、万紫千红的春天！

2002 年 4 月中旬

作于内蒙古自治区

文脉人杰

瞻仰黄帝城

合符都邑涿鹿城，三祖联盟大一统。

华夏文明千古秀，东方巨龙正升腾。

2005年10月6日

作于河北省张家口市涿鹿县

注：据史书记载和传说，距今5000年左右，以黄帝为首的部落联盟，在涿鹿阪泉打败了以炎帝为首的部落联盟，又在涿鹿之野打败了以蚩尤为首领的东夷部落联盟。然后，继续南征北战，控制了“东至于海，登完山，及岱宗。西至崆峒，登鸡头。南至于江，登熊、湘。北逐荤粥”(《史记·五帝本纪》)这样一个广阔的地域。在此基础上，黄帝召集所有氏族、部落、联盟于涿鹿的釜山，举行政治大结盟，即司马迁所说的黄帝“合符釜山”。至此，黄帝与诸侯在釜山合符契，“诸侯咸尊轩辕为天子”，公认黄帝为其主，一统天下。此为中华大一统、五千年文明之源。涿鹿黄帝城三祖文化的遗址有诸多珍贵文物，至今依稀可见，国家有关部门和当地正在发掘、修复、保护。

散文诗·长城丰碑赞

回眸历史，中华民族在波涛汹涌、沧桑多变的演进征程中，筑起过三座高大巍峨而神圣的丰碑，那就是古代的万里长城，抗战时期的血肉长城和当今的绿色长城。

千百年来，是这三座长城，为中华民族生存、发展和繁荣，提供了无可替代的支撑和保证。

长城，是中华民族的灵魂；长城，是中华民族的象征；长城，是中华民族的光荣！

（一）

在中华民族尚未完全融合的年代，一座横跨华夏大地的长城蜿蜒而刚毅地崛起。

东起辽宁虎山，西至甘肃嘉峪关，延绵两万公里[①]，在华夏中原农区和漠北牧区树立起名垂千古的碑记。

修筑这座长城，历经秦、汉、隋至辽、金、元、明近十个朝代，历时2000多个春秋时日。

对巍然屹立的古老长城，历来有不同的评说，赞美、颂扬者大有人在，也不乏有人质疑、贬斥。

在生产力还不发达的农耕时代，为什么那么多朝代以倾国之力修筑如此巨大工程的长城？这是有待深度揭示、厘清的秘密。

需要支配行动，需求是一切事物变化的动力。可以认定，那个时代修筑万里长城，是适应当时经济社会发展和军事防御情势需要的行动。历史已经表明，随着长城的修建，华夏大地发生了意义重大而深远的变动：

昔日金戈铁马古战场，渐次休战、安定；

长城内外开启边塞贸易，中原、漠北相互繁荣；

文化风情跨越城界，民族交融走向大一统；

千年丝路联欧亚，万里长城著奇功；

壮美山河卧苍龙，人文荟萃世人惊；

尤可喜，华夏精神放异彩，世世代代显神通。

诚然，构筑万里长城，中华民族付出了巨大的代价，劳苦大众作出了巨大牺牲，这是后人记忆中久久难以消融的隐痛。

注：①国家文物局和国家测绘局2009年4月18日联合公布：明长城东起辽宁虎山（一直以来，人们认为长城东起点为山海关，20世纪90年代初，新的考察认定，长城东部起点为辽宁丹东虎山），西至甘肃嘉峪关，从东向西行经辽宁、河北、天津、北京、山西、内蒙古、陕西、宁夏、甘肃、青海10个省市自治区的156个县区，长度为8851.8公里。2012年6月5日，国家文物局在北京居庸关长城宣布：历经近5年的调查认定，中国历代长城总长度为21196.18公里，包括长城墙体、壕堑、单体建筑、关堡和相关设施等长城遗产43721处。这是中国首次科学、系统地测量历代长城的总长度。

（二）

时光转瞬到了公元19世纪中叶，西方列强乘清政府腐败无能、国力衰弱，发动了一次又一次的侵华战争。

堂堂的中华文明古国，竟沦落到了割地赔款、丧权辱国、民不聊生的逆境。

恰恰在这时，日本军国主义发动了全面对华战争。

从1931年的“九一八事变”，到1932年的“一·二八事变”，到1937年的“七七事变”，疯狂的日军侵占了我中华大半国土，烧杀掳掠，无恶不作，把我亿万民众推入灾难深重的战火深渊。

在日寇大举入侵、国家民族危亡的生死关头，中华民族奋起，以血肉之躯筑起了新的御敌长城。

正像《义勇军进行曲》（国歌）歌词所陈：把我们的血肉，筑成我们新的长城！中华民族到了最危险的时候，每个人被迫着发出最后的吼声……

整个抗日战争，从一开始就是全民性的行动，生死决斗的行动。

中国共产党率先举起了抗日的旗帜，发出了抗日救国的最强音，成为全民族抗日的先锋。

14年的抗日战争，是中华民族的一次伟大觉醒。当时，唱响华夏大地的《流亡三部曲》《黄河大合唱》《在太行山上》和《长城谣》等无数流行歌曲，迸发出中华民族悲壮、激愤、战斗的心声。

在生死存亡关头，四万万同胞同仇敌忾，怒不可遏，以“誓死不做亡国奴，敢与日寇拼死活”的大无畏精神，争先恐后，前仆后继，投入到抗击日寇、保家卫国的伟大斗争中。

14年的抗战，中国军民在经济、技术、武器装备力量对比悬殊的条件下，硬是靠英勇善战、攻坚克难，消灭日伪军 210 万人[①]，开辟了第二次世界大战反法西斯的东方主战场，成为抗击日寇的主力军。

中国人民第一次彻底打败了外敌的入侵，洗雪了百年的屈辱和耻尘。

在伟大的抗日战争中，中国军民做出了巨大牺牲，有 610 万将士和民众为国捐躯，英勇献身[②]！

正是中国军民宁死不屈、百折不挠的爱国抗日精神，筑起了中华民族历史进程的第二座丰碑——血肉长城，挽救了民族危局，并沿着解放的道路继续前进。

注：①综合国内外有关统计数据。

②综合国内外有关统计数据。整个抗日战争中，中国军民伤亡 3500 多万人。

（三）

到了近代，面对生态环境恶化，特别是沙化荒漠化加剧，危及民族生存与发展，中华民族又毅然兴起了“植树造林、绿化中国”，建设绿色长城的举国群众性行动。

回溯几千年来，随着人口剧增，大规模毁林垦荒、掠夺式开发，中国的森林覆盖率由秦汉年代的约50%，降至了清朝晚年时的12.5%，民国时的8.6%。沙漠、石漠化、荒漠化日益扩大，直接危及民族生存和命运前程。

新中国成立后，年轻的共和国就奏响了“植树造林、绿化中国”的乐章。1978年党中央、国务院作出了跨世纪的建设“三北”防护林的决定，制定了林业生态建设的宏伟目标和行动纲领。

“三北”防护林工程①，东起黑龙江宾县，西至新疆乌孜别里山口，跨东北、华北、西北地区的13个省市自治区559个县区，总面积406.9万平方公里。其规模和工程量超过了美国“罗斯福大草原工程”、苏联“斯大林改造自然计划”和北非五国的“绿色坝工程”。

经过30多年的艰苦奋斗，“三北”防护林工程建设取得了卓著战绩②。

在中国生态环境最脆弱的北方地区，初步建设起以木本植物为主体，乔灌木、多林种、多树种相混合的防护林体系，创造了世界上最大的人工生态屏障奇迹。

全国风沙危害严重的陕、甘、宁、蒙、晋、冀等省和自治区，率先实现了由“沙进人退”到“人逼沙退”的历史性转变，全国沙化土地由20世纪90年代末年均扩展3436平方公里转变为目前年均缩减1980平方公里，呈现了沙化土地整体遏制、持续缩减的良好态势。

“三北”平原普遍营造起农田防护林带，基本实现了农田林网化，显著改善了农业气候环境，风沙、干旱、霜冻、热干风等灾害大为减轻。这为农作物产量倍增、长期持续丰产丰收奠定了根基。

以黄土高原为重点的严重水土流失地区，按山系、流域进行综合治理，营造水土保持林和水源涵养林，变跑水、跑土、跑肥的“三跑田”为保水、保土、保肥的高产稳产田，有效地保持和恢复了山丘坡地的地力。

走出了既要大地绿起来，又要农牧民富起来的生态经济型防护林建设之路。在生态优先前提下，建设了一大批用材林、经济林、薪炭林和饲料林基地，发展林下经济，实行多种经营，大幅度增加了农牧民的经济收入，实现了大地“绿”与农牧民“富”双赢。林区旅游、休闲、疗养、文化、观光产业也蓬勃兴起[3]。

增强了全民绿化、建设美丽中国的意识。“绿水青山就是金山银山”的理念深入人心，正在成为城乡居民、社会各界的共识。造林绿化的生态、经济、社会、文化、环境效益，展现了植绿护绿的多层次长久的“真金白银”价值，让人们认识到造林绿化既是年年增值的“绿色银行”，也是提升人们生活、生命质量的第一要素。有效激发了亿万民众建设绿色家园的积极性和创造力。

“三北”防护林建设先后吸引了众多国家的国家元首、政府首脑和专家学者前来参观，被国际社会誉为“世界生态工程之最”“改造大自然的伟大壮举”。

在实施“三北防护林”工程建设的同时，全国各地先后启动、扩展了长江、黄河、珠江，京津，太行山，平原，海防等十大造林绿化工程，造林范围覆盖了全国几乎所有生态环境脆弱地带，国土的绿色日渐浓重，显著拓宽了人们的生存空间和发展机遇。

中国的绿色长城建设还在路上，奋斗仍在继续。然而，它已经给中国人民带来巨大效益和美好愿景。展望未来，一个“绿色中国”“美丽中国”，必将伴随着“富强中国”“现代化中国”而横空出世！

注：①“三北”防护林体系工程，按照规划，从1979年启动，到2050年完成，建设期限逾70年，总投资578.6亿元，造林5.35亿亩。到2050年，“三北”地区的森林覆盖率将由1977年的5.05%提高到15.95%。“三北”防护林工程，东西长4480公里，南北宽560—1460公里，总面积406.9万平方公里，占国土面积的42.4%。

②“三北”防护林建设实施近以来，累计造林保存面积29.2万平方公里，工程区森林覆盖率由1977年的5.05%提高到现在的13.02%，森林蓄积量由7.2亿立方米增加到14.4亿立方米，治理沙化土地30多万平方公里，治理水土流失面积20多万平方公里。

③据统计，“十二五”期间，“三北”地区新增经济林267公顷，新增综合产量1200万吨，新增产值500多亿元，有433万人依靠发展特色林果业实现了稳定脱贫。通过林业生态系统建设，发展生态旅游业，五年间接待游客3.8亿人次，旅游业直接收入480亿元。

（四）

中华民族的三座长城丰碑，尽管时代、背景、内涵和历史功能各不相同，但有一点是相同的，那就是伟大的长城精神。无论是“万里长城”“血肉长城”还是“绿色长城”，都凝聚、弘扬、展现了中华民族几千年来的优良品德、文化素养和哲思睿智，集中表现了中华民族特有的精神和气质。

宽容大度。“海纳百川，有容乃大”，成为中华民族的至理名言和行为标识。

民族融合。几千年来，中华民族尽管出现过纷争和分裂，但是走向和谐、融合，始终是华夏文明主流趋势。

齐心御敌。同仇敌忾乃中华民族的优良传统。越是在外敌入侵、民族危亡的关头，各族人民越团结一致，抗击外敌。

讲求仁义。“己所不欲，勿施于人。”平等待人，助人为乐，是中华民族的优良道德和高尚品质。

爱国至上。爱国主义是“长城精神”的核心内容，是巩固国家、发展国家、捍卫国家的精神支柱。

坚韧不拔。不畏艰险，自强不息，勇往直前，是中华民族长盛不衰、事业兴旺发达的无穷动力。

天人合一。尊重自然，顺应自然，人与自然和谐，是华夏民族自古以来的科学理念，在新的时期得以发扬光大，正在成为人们认识自然和建设生态文明的理论武器。

2017 年 6 月 20 日

作于山东省济南市

过古北口（长城）[1]

巍巍峻山岭，茫茫林草丛。
千秋古战场，而今得安宁。
民族本兄弟，华夏同根生。
相恶苦无涯，相善乐无穷。
一条和睦策[1]，胜过万里城。

2002年5月1日

作于河北省承德市

注：①古北口长城地处燕山山脉，蟠龙、卧虎两山南部，位于北京市密云县境内。全长40余千米，现存敌台143座、烽火台14座、关口16座、水关长城3座、关城6座、瓮城3座。

古北口地势险要，自古以来就是内地通向松辽平原和内蒙古的咽喉要地，有“京师锁钥”之称，为历代兵家必争之地。金代曾于此处修建铁门扼守，名曰“铁门关”，也称古北口关。清朝，在古北口河西村增设柳林营，建提督府，开辟御道，修行宫，置重兵驻守。古北口长城，蜿蜒曲折，起伏跌宕，关楼密布。享誉中外的司马台长城，是古北口长城中的一段，其惊、险、奇、特被誉为长城之最。

②新中国成立后，在中国共产党领导下，实行各民族政治上一律平等、经济文化共同繁荣的和睦政策，全国56个民族出现了空前团结、安定、和谐的局面，过上了欣欣向荣、安居乐业的幸福生活。

沁园春·承德揽胜

帝王逝去，圣迹依旧，遗风浓重。观亭台殿阁，宫寺庙庵，金碧辉煌，气势恢宏。原本小邨，银两注倾，偌大皇家苑生成。环峻岭，古园林艺术，妙趣横生。

沧桑烟云朦胧。多少事、由后人论评。兴围猎习武，会诸王公，融民族情，青史留名。临危脱逃，卑躬屈膝，丧权辱国叛逆行。观今古，以史训为鉴，岂不贤明？！

2002年5月8日

作于河北省承德市

注：1840年鸦片战争后，西方列强步英国后尘，加紧了瓜分、侵略中国的步伐。1856年，英法侵略者以“亚诺船”事件为借口，发动了新的侵华战争，战火燃烧到京津地区。腐败无能的清王朝再次向洋人屈膝。咸丰皇帝逃亡承德，令恭亲王奕䜣按“督办和局”与英法谈判，批准签订丧权辱国的《中英天津条约》《中法北京

条约》，割地赔款。圆明园这个举世闻名的艺术瑰宝，被英法联军抢劫一空后一炬焚之。俄国沙皇则趁火打劫，迫使清政府在《中俄北京条约》上签字，其中包括承认《瑷珲条约》，将黑龙江以北 60 万平方公里的国土割让给俄国，并把乌苏里江以东 40 万平方公里的领土也拱手让给了俄国。

不久，咸丰在承德病逝，宫中发生争夺皇权的辛酉政变。

玉泉山[1]

玉山侧卧横南北，泉水汇流贯东西。
五塔仅有四座在，一潭暗隐千古迷[2]。
古松翠竹绕山崖，群鸟日暮争归栖。
好个皇家园林地，文化底蕴遗后世。

2000 年 10 月

作于玉泉山

注：①玉泉山是金、元、明、清四个朝代的皇家园林。这里山清水秀、林木葱茏，环境优雅，又多名胜古迹，尤以泉水、古木、佛洞、殿塔为最。

②园林有五座古塔，四座分布在峰巅，一座在水中——“裂帛湖”。“裂帛湖”是一个只有 60 平方米的袖珍水面，却有奇特的神秘传说。名曰“镇海塔”就在湖中心，只能见其露出水面的塔尖。虽不起眼，但名气很大，曾被人们视为“神灵”。传说塔的底部有个海眼，直通东海，是龙王栖息玉泉的通道。如若有人惹了它，就会水淹京城。乾隆皇帝对这一传说疑大于信。曾以

修塔为名，令众多工匠排干湖水，开挖塔基。挖到石塔五层时，见塔的八面各有一个字，称“你、不、伤、我，我、不、伤、你”。挖到石塔七层时，又见两句偈语：“裂帛湖中黑龙潭，潭毁龙去断河山。”继续下挖，只见四处泉涌，排干的湖水又水汪一片。这时乾隆慌了，即令工匠们疏导湖水流入昆明湖，把石塔围砌起来，并镌雕了一尊护水兽置于湖边。

这个传说故事反映了人们对“裂帛湖”石塔的神秘猜想，但也说明了玉泉山泉水之充沛。

神　农　架[①]

山巅冰天雪皑皑，山下已是百花开。
云雾缭绕绽新绿，峰涧奔流飘银带。
冰河无奈神农架，生物安得衍后代。

神农深山撷百草，功垂千古美名在。
农耕文明歌一曲，华夏齐吟五千载。
时代节律催人急，振兴中华放异彩。

2001 年春

作于湖北省神农架

注：①神农架是我国鄂西北海拔 1500–3000 米的高山地区。由于地形地貌奇特，使这里的动植物避过了冰河时期的严寒袭击，保障了物种后世的繁衍，成为著名的动植物王国。相传神农氏当年登山采药，依树藤搭架支棚为舍，故后世称其为“神农架”。

沁园春·马江吟①

马尾港湾，陡峭天险，海军摇篮。回溯百年前，法寇侵犯，清室屈膝，密令免战。敌舰突袭，战机逆转，我水师全军罹难。民激愤，卷狂风巨澜，寇贼逃窜。

八百忠魂未眠，雪国耻、遗强国夙愿。今人民江山，华夏兴盛，国势强焉，谁敢再犯？！史训当鉴，勿忘忧患，须谨防西化演变。固堡垒，军民心相连，长治久安。

2002年11月28日

作于福建省福州市

注：①福州马尾港，山势陡峻，江海相连，岛礁居间，乃天然良港。中国现代海军摇篮，第一支舰队和将才均源于此。1884年8月，法国舰队入侵，企图夺占福州，以要挟清王朝。长达几十公里的江湾，两岸重兵把守，炮台密布，本来完全可以击败来犯之敌。可是，清王朝腐败无能，闻洋人丧胆，竟三令五申不准先行开炮，违者“虽胜亦斩”，还要给法寇以“最友好的接待”。

并密令“不准封港”“不准发给水师弹药”。同时告知法军“中国堂堂正正，不搞诡计，不先下手”。法军探明清王朝避战乞和意图，遂明目张胆长驱直入，乘海水涨潮之机，突然袭击，致福建水师全军覆没，11艘战舰和40多艘木船全被击沉击伤，殉难将士有名者736人，无名者难以计数。法军的强盗行为，激怒了广大爱国同胞。数万民众用各种方式、多种火器袭击敌舰，并移石填江，筑起阻塞线，隔断法军进入福州水道。在人民战争的围攻下，法寇舰船无法靠岸，供给断绝，不得不仓惶逃窜。而清政府却乘机求和，签订丧权辱国条约，留下了“中国不败而败，法国不胜而胜”的国耻笑谈。

在马尾港右岸，建有昭岩祠——马江海战烈士陵园，殉难英烈遗骸集体掩埋于此。每年清明节期间，都有数以万计的军人、市民、学生等前来凭吊，缅怀英烈，矢志报国。

蓦山溪·鼓浪屿[1]

碧水蓝天，鼓浪出海面。绿树红瓦屋，巨石间，色彩斑斓。名人辈出，文脉底蕴渊。钢琴馆[2]，世罕见，瑰宝令人叹！

当年郑公[3]，岛上水兵练。浩荡跨海战，雪国耻，光复台湾。今朝峰崖，英雄面东南。盼回归，心似箭，正望眼欲穿！

2002年11月25日

作于福建省厦门市

注：①鼓浪屿是福建省厦门市的一个岛屿。原名“圆沙洲”，别名“圆洲仔”，南宋时期名为“五龙屿”，明朝改称“鼓浪屿”。因涨潮水涌，浪击礁石，声似擂鼓而得名。由于历史原因，岛上多风格各异的建筑物，景色秀丽。2005年《中国国家地理》杂志将鼓浪屿评为“中国最美城区”第一名。

②岛上建有“鼓浪屿钢琴博物馆”，收藏了旅居澳大利亚的

爱国华侨胡友义先生捐赠的分别产自欧美跨两个多世纪的近百台名贵钢琴和60多盏古钢琴台灯，以及部分风琴。钢琴、风琴品种之多、品位之高可谓世界之最。

③据记载和考证，明末清初，郑成功曾屯兵厦门，以鼓浪屿为基地，指挥水兵操练，经过一番准备，一举收复了台湾。而今，在鼓浪屿东南端的巨石突兀处，立有郑公的高大塑像，面向台湾，展现了关切祖国统一的激情大义。

雨霖铃·舟山吟[1]

舟山群岛，万里海域，汹涌波涛。三江入海汇流，天然渔场，景物独俏。海产丰饶，万船竞发远飞棹。尤可喜，新兴产业，蓬勃发展逐浪高。

《渔光曲》[2]，余音绕，辛酸泪、渔民苦难熬。今得改革春风，家家富、古曲新调。岛上旅游，四方游客蜂拥如潮。逢盛世，观音菩萨，满面春风笑。

2002年3月

作于浙江省舟山市

注：①舟山群岛位于浙江省东部海域，是以群岛建制的地级市，包括1390个岛屿，陆域面积1440平方公里，内海海域面积2.08万平方公里，人口110万。

由于舟山海域自然环境优越，饵料丰富，成为我国最大的渔场——舟山渔场，有“东海鱼仓”之称。

舟山群岛素以“海天佛国、渔都港城”闻名海内外，是我国著名的海岛旅游胜地。

②《渔光曲》作于1934年，由安娥作词，任光作曲，是同年

上映的影片《渔光曲》的主题歌。任光为作此曲，曾赴渔民区体察渔民生活与劳动。质朴真实的歌词、委婉惆怅的旋律，鲜明而生动地描绘了旧中国渔民苦难生活的悲惨境地，抒发了劳动人民心中难以排解的低沉忧伤情绪。

歌词大意：

云儿飘在海空，鱼儿藏在水中。
早晨太阳里晒鱼网，迎面吹过来大海风。
潮水升，浪花涌，鱼船儿飘飘各西东。
轻撒网，紧拉绳，烟雾里辛苦等鱼踪。
鱼儿难捕船租重，捕鱼人儿世世穷。
爷爷留下的破鱼网，小心再靠它过一冬。
……

赣州行[①]

章贡二水汇流去[②]，千古景观各西东。

江水尽涤众民忧，郁孤台[③]上文墨浓。

五岭要冲赣州城，几度兴衰今又盛。

筑就赣粤大通道，百业昌隆展新容。

2002年5月25日

作于江西赣州市

注：①赣州，位于江西省南部，是江西省面积最大、人口最多的地级市，有2200多年的建城史，历来为江南政治经济军事重镇，是国家历史文化名城。

②赣南山区是赣江发源地，也是珠江之东江的源头之一。千余条支流汇成上犹江、章水、梅江、琴江、绵江（又称瑞金河）、湘江、濂江、平江、桃江9条较大支流。其中由上犹江、章水汇成章江；由其余7条支流汇成贡江（贡水）；章贡两江汇流而成为赣江。

③郁孤台位于赣州城区西北部贺兰山顶，始建于唐代，以山

势高阜、郁然孤峙而得名。苏东坡、辛弃疾、岳飞、文天祥、王阳明等历代名人都曾来过此地，并留下诗词名言。与郁孤台渊源最深的，要数南宋著名词人辛弃疾，他在赣州任职时，留下名词《菩萨蛮·书江西造口壁》，郁孤台从此名扬天下。

杭 州

雷峰古塔换胎骨[①]，西子梳洗着新妆[②]。
杭城逢春花枝俏，百姓富足真天堂[③]。
钱塘财源滚滚来，产业潮涌过大江[④]。
生机盎然与时进，喜见未来更辉煌。

2003年1月10日

作于浙江省杭州市

注：①雷峰塔，1924年倒塌，77年后的2001年，终于得以恢复重建。新建的雷锋塔，造型古朴大方，钢架结构笼罩、护围着原塔的残壁根基，游客既可一睹现代造型工艺，又可观赏原塔古老建筑和珍贵文物。

②西湖经过综合整治、修建，水变清了，路变宽了，景点更多了，夜晚灯光也更亮了。

③改革开放以来，杭州经济社会事业持续快速发展，城市面貌大变，居民收入大增，真正过上了“天堂生活”。

④市区产业发展日趋饱和，正越过钱塘江，在江东建有88平方公里的高新技术产业园区。

泉 城

济南泉群知多少，古往今来无人晓[1]。
纵横揽胜三百里，鲜见何处无珠泡。
泓泓清流成江河，汩汩泉涌聚浩淼[2]。
湖光山色罩古城，齐烟九点轻飘渺。

自古济南多名士，只缘泉水风情娇。
虞舜凿井耕历山，龙山文化稀世宝。
泉涌不息千古迷，天公造物隐奥妙[3]。
济水迢迢补源来，泰岱岁岁勤关照。

2005 年 12 月 28 日

注：①济南素以泉水甲天下，但究竟有多少泉群，虽经历代专家考证，仍难以搞清其确切底细。过去有“著名者 72、名而不著者 59、其他无名者奚啻数百”的记载，实际泉群数量还要多。1964 年山东省水文地质队调查，仅市区 2.6 平方公里范围内就有

天然泉池108处。2000年全市调查到泉群533处，其中市区145处，市郊区县338处，另有90多处未查明。还有“泉源千处”之说。

②由于泉群多，泉水喷涌，形成了诸多江河湖泊。市区内以趵突、黑虎、五龙、珍珠四大泉群为源头，汇聚成了大明湖、小清河；东部章丘市的明水百脉泉群喷涌，产生了绣江河；平阴县洪范池等泉群的水，汇流为狼溪河，等等。星罗棋布的泉群源流，造就了“家家泉水，户户垂杨”，“一城山色半城湖，四面荷花三面柳”的独特风光。

③济南泉水何处来？据考证：一是发源于千里之遥的王屋山麓的古济水。济水曾衍生出了包括济南泉群在内的众多水乡巨泽，直到1855年，黄河改道取代了济水古河床为止。二是泰山北麓之水，经渗透地下溶岩，源源不断地输送至低洼的济南市区，水位达到了一定的高度，便出现群泉喷涌、清流不息的奇观。

青岛

山城叠翠红瓦房[1]，海天一色映骄阳。
喜借改革东风来，跨越发展农工商。
高速纵横连广域，港口巨龙奔四洋[2]。
东方瑞士非昔比，百年耻辱尽涤荡[3]。

2001 年冬

作于山东省青岛市

注：①青岛三面临海，一面依山，港湾海角相间，兼有山海之胜。市区街道房舍建筑层叠参差，风格各异，多为红瓦覆顶。加之地貌奇特，风景如画，工业交通发达，素有“东方瑞士”之称。

②青岛港始建于 1892 年，经百余年的发展，初步形成青岛邮轮母港区、黄岛油港区、前湾港区和董家口港区，建有国内最大的集装箱码头，与世界 150 个国家和地区的 450 多个港口有贸易往来。青岛港口年吞吐量达到 4.8 亿吨，集装箱吞吐量突破 1600 万标准箱，位居世界港口第七位。

③ 1897年11月，德国强占胶州湾，从此青岛沦为德国殖民地。1914年11月，日本取代德国占领青岛。第一次世界大战结束后，1919年英、美、法等国在巴黎召开“和会”，不顾中国人民的强烈反对，将青岛的主权和山东的权益一概交给日本，于是爆发了轰轰烈烈的五四爱国运动。1922年12月，当时的北洋军阀政府收回青岛主权。1938年1月，日本再次占领青岛。抗战胜利后，青岛被国民党政府接管并成为美国的海军基地。1949年6月2日，青岛解放，回到了人民手中。

望海潮·威海

峰峦延绵，水碧天蓝，岛山紧锁港湾。秦皇巡游，汉武参拜，古今多少神传。往事茹辛酸。甲午风云惨，辱国丧权。八年抗战，反蒋保田，历艰险。

风雪迎来春天。改革浪潮起，唤醒河山。观念转换，内引外联，经贸跨越发展。文明铸奇观。半岛有明珠，璀璨耀眼。叹威海数百年，今日方安然。

2003 年 5 月 12 日

作于威海市

注：威海市位于山东半岛东端，三面环海，海岸岬湾交错，多港湾、岛屿，历史悠久，新石器时代中期，境内就有人类聚居。夏、商、周三代，为东方嵎夷之地。秦时先属齐郡，后归胶东郡，为腄县地。《史记·秦始皇本纪》载：“二十八年，始皇东行郡县……并勃海以东，过黄、腄，穷成山、之罘，立石颂秦德焉。”腄县在今日烟台市福山区境内。西汉时期，威海属青州东莱郡地。

《汉书·地理志》东莱郡注谓："高帝置。师古曰：故莱子国也。"东莱郡治在今莱州市。明洪武三十一年（1398），为防倭寇侵扰，设威海卫，威海之名即由此而来。清光绪二十四年（1898），英国强租威海卫。1930年10月国民政府收回威海。新中国成立后，威海先后为文登专区、烟台市的县级市。1987年6月，威海升格为地级市。

威海是中国近代海军北洋水师的发源地，甲午战争后被列强侵占。岛上设有"刘公岛甲午战争纪念地"，是全国重点文物保护单位；"甲午战争博物馆"是爱国主义教育示范基地。

早在1990年，威海与韩国仁川开通了中韩首条海上贸易航线。多年来，威海成为中国对韩经贸往来最密切、交流最频繁的城市。

浪淘沙·聊城[1]

运河千帆行，商贾蜂拥。当年东昌花正红。享誉江北名都城，会馆为凭。

春风吹又生，新绿层层。古城处处展新容。农工商贸五业兴，水映龙宫。

2002 年 10 月上旬

作于山东聊城市

注：①明清期间，聊城为东昌府。得益于京杭运河航运之便，山西、陕西等外地客商云集，聊城经贸繁荣，成为北方名城。逾 400 年的山陕会馆，记录了这段历史。后因铁路兴建，运河交通衰落，聊城的工商业也随之凋蔽。改革开放以来，特别是京九铁路的通车，聊城再度兴盛，经济快速发展，面貌大变。聊城利用城区水多的优势，兴建“江北第一水城”，成为著名的旅游景点。

离亭燕·迷魂阵

战国七雄争霸，孙膑智取庞涓。巧设大小迷魂阵，路街方向难辨。布八卦棋局，敌兵有来无还。

千古奇观犹存，邪道歪房依然。前后枣林两村落，齐魏战地再现。睹此古遗产，何日整修复原？

2002 年 10 月 5 日

作于聊城市阳谷县

注：山东阳谷县城北 6 公里处，有两个称为大、小迷魂阵的村庄。相传这里曾经是孙膑智斗庞涓的古战场。孙膑在此布设“迷魂阵”，致使庞涓一再被惑，最后在马陵道口兵败自杀。春秋时称为前后枣林的村庄，战国时易名为大小迷魂阵，基本保持了原有的奇特的建筑格局，村落、街道、房屋歪歪斜斜，定向各异。周边的土地、道路分布也呈磨齿形，参差错落，阴阳虚实。陌生人进村，无不发生方向感、时间感的错觉。“迷魂阵”的设置，在当时兵家智斗中，可谓杰作，很有军事文化研究价值。为纪念孙膑的功绩，当地孙姓（据说是孙膑的后裔）发起，在清顺治元

年，曾建孙膑庙、阁，并有碑记。当地百姓每年还在此举行庙会。“文革”期间，庙宇等被毁。这一举世无双的文化遗产，有待发掘、保护。

天　台　山[1]

五峰山上国清寺，佛经久已下东瀛。
参天林木蔽日月，千秋古梅花枝盈。
云锦杜鹃映山红，悬崖石斛听瀑鸣。
未知恐龙缘何去，遗留卵石山坳中。

2003 年 1 月 8 日

作于浙江省天台山

注：①浙江省天台山系国家级重点风景名胜区，也是佛教天台宗发祥地。国清寺由隋朝皇帝倡导修建，距今 1400 多年。寺院规模宏大，五座山峰环抱。其宗经学说很早就传至日本、韩国，并被尊为祖庭。寺内古木参天，有一株古梅相传与寺庙同龄，一向生机勃勃，“文革”期间突然枯萎；改革开放后，又死而复生，恢复了青春，岁岁花朵满枝头，实为奇观。天台山方圆几百公里，峰峦叠翠，瀑布竞发，云锦杜鹃等多种名贵花木落户高坡。悬崖陡壁生长着一种稀奇的植物——铁皮石斛，据称其保健药用价值胜过人参、灵芝。自 1985 年始，在天台山谷陆续发现恐龙蛋和

恐龙骨化石，恐龙蛋化石数以万计。

永遇乐·灵岩寺

泰岱北麓，峰峦嶙嶙，松柏层层。千年古刹，几多枯荣，以名寺著称。俾支宝塔，泥塑菩萨，尤为绝世精工。想当年，香火旺盛，熙熙五百众僧。

新春灵岩，朝阳残冰，明媚乍暖犹冷。古木肃静，钟鼓时鸣，郎公石高耸。烟花爆竹，喜迎春归，一派太平年景。深山里，佛寺清幽，黎民火红。

2003年春节参观济南灵岩寺

由感而作

注：灵岩寺历史悠久。据史书记载，前秦苻坚永兴年间（357-359），朗公和尚“常来往此处”说法，说得附近的石头都感动得点头，于是他说“此山灵也”。遂率众开山建寺，取名为“灵岩寺”。灵岩寺距今已1600多年，寺内风光幽美，佛教底蕴丰厚，自唐代起就与浙江国清寺、南京栖霞寺、湖北玉泉寺并称“海内四大名刹”，并名列其首。尤以千佛殿、辟支塔、大雄宝殿、慧崇塔、墓塔林等著称于世。

蓬 莱 阁

悠悠丹崖凌空阁，茫茫烟波海市楼。
八仙渡海各显能，几多神话总传流。
一代英豪抗倭寇[①]，功名盖世昭千秋。
盛世东风化春雨，如今蓬莱真瀛洲。

2003年5月12日

作于山东烟台蓬莱市

注：①戚继光（1528-1588），字元敬，山东蓬莱人，出身将门，著名的抗倭英雄。其父戚景通为人刚直，畅晓边事，治军严明，历任备倭、戍边要职。戚继光继承父业，一生备倭浙闽，镇守蓟门（今天津蓟县），勋劳卓著。嘉靖三十四年（1555），戚继光从山东调到浙江抗倭，率部队转战浙闽，历时九年，至嘉靖四十三年（1564），东南沿海的倭患最后平定。

嵩阳书院[①]

世人皆知少林武，鲜闻嵩阳书院古。

学术论读逾千载，争鸣声中睿智足。

务实学风誉中外，见证“将军”四千五。

华夏文明源流长，而今挥毫绘新图。

2002年6月15日

参观河南嵩阳书院由感而发写此诗句

注：①嵩阳书院始建于唐开元六年，为我国古代“四大书院”（含江西庐山白鹿洞书院、湖南长沙岳麓书院、河南商丘睢阳书院）之一。院内的汉封“将军柏”，据称已有4500年树龄，是嵩阳书院的历史见证者。

渔家傲·九门口①

崇山峻岭云缭绕，水上长城独自傲。雄关构造藏玄妙。忆千古，多少回合战火烧。

江山历历起波涛，而今人民乐逍遥。当慰英烈九泉笑。举目眺，紫气东来华夏罩。

2003年10月20日

作于辽宁省葫芦岛市

注：①九门口位于辽宁葫芦岛市绥中县与河北秦皇岛市山海关交界处。长城关隘坐落于群山环抱的峡谷之间，河水穿城而过，名曰“水上长城”。由九道水门连结成跨河城桥，长110米，装有双层双扇巨门，枯水季节关门御敌，洪水季节开门以泄河水，形成“城在水上修，河在城下流”的景观。九门口地势陡险，防御工事、机关密布，扼关内外要冲，历来为兵家必争之地。1644年李自成率起义军与明朝吴三桂、清兵多尔衮激战于九门口，血流成河，尸横遍野。1922年、1924年两次直奉大战均在九门口大动干戈，双方伤亡惨重。“九一八事变”后，这里又成为义勇军、

八路军、游击队与日寇作战的战场，众多抗日壮士在这里英勇捐躯。1948 年我东北野战军入关作战，亦在九门口外与国民党部队激战，将敌击败。

今九门口已整修一新，成为著名的游览观光景点，并被联合国确认为“人类文化遗产”。

平　遥[1]

古城沧桑三千载，容貌传承到今朝。
龟状城郭兆吉祥，奇异街巷总热闹。
神州古老华尔街，三晋人文品位高。
喜见中外游客到，观光购物涌新潮。

2005年5月26日

作于山西省平遥市

注：①平遥位于山西省中部，是一座有3000年历史的古城，又是商贸、旅游重镇。明清时期，成为中国银号（从事银行汇兑的金融机构）的主要发祥地，其分店、分号辐射全国大部分地区，对当时我国工农商贸业的发展起到过重要作用，故有神州“华尔街”之称。历尽沧桑，平遥古城的城郭及街店、名胜仍保存完好。

卦　山[1]

卦象山形传神奇，参天古柏宗主地。
峰峦陡涧翠绿衣，庙堂殿阁栉次比。
卧龙书院有珍藏，古刹钟声扬万里。
一部吕梁文明史，英雄辈出今胜昔。

2005年5月26日

作于山西省吕梁山区

注：①卦山位于山西吕梁山区东麓，海拔1142.8米。因群峰密布，形同八卦而得其名。山势陡峭，古柏参天，景色奇特。早在盛唐时期就有佛教寺庙，形成以天宁寺为中轴的寺庙殿塔群。名誉四海的《古刹钟声》等多部电影外景，皆拍摄于此。

悬空寺[1]

千古胜迹悬崖卧，琼阁凌空欲飘泊。
天公造此神奇地，先人技艺世间绝。
原本浑河多灾祸，而今清流润原野。
恒山满目黛绿色，塞外不吟寂寞歌。

2005年5月28日

作于山西省大同市

注：①悬空寺坐落在山西大同市浑源县恒山南麓，始建于北魏，距今1500多年。雄伟多层寺庙群就悬挂在陡峭的山崖绝壁上，犹如玉楼腾空，琼阁飞渡，其壮其美，令人赞叹。自20世纪50年代，浑河上游兴建了水库，浑河河水变清，亦不再危害百姓。

微 山 湖[①]

一湖碧水耀天庭，两厢沃野农桑情。

苇荷巧织生态屏，鸟鱼穿梭水中景。

远古三贤长眠地，抗日志士留殊荣。

喜看今日新气象，微山人民真英雄。

2004 年 5 月 12 日

作于山东济宁市微山县

注：①微山湖是我国江北最大的淡水湖，水面 1200 平方公里。湖内有大片荷花和苇蒲，还有 230 多种动植物。湖区多名胜古迹，包括商代的微子墓、春秋目夷墓、汉代张良墓、伏羲庙、仲子庙等。抗日战争时期，这里是铁道游击队等人民武装抗击日寇的战场。改革开放以来，山东省委、省政府把南四湖（微山、昭阳、南阳、独山湖）列为全省综合开发重点之一。经过党政军民共同努力，微山县的经济社会事业快速发展，面貌大变。别后多年重访微山湖，感慨颇多，写此诗句，聊抒情怀。

三　亚[1]

郁郁青山紧环抱，茫茫碧海涌大潮。
天涯海角不再远，古老崖州变年少。
南山不老松常在，观音入住金刚岛。
回头神鹿巧打扮，笑迎五洲贵客到。

2001 年元月 10 日

作于海南省三亚市

注：①三亚是我国南端的海滨城市，背依青山，面向碧海。改革开放以来，经贸快速发展，交通设施先行，高速公路、航空、海运联结内外，“天涯海角”远离大陆、孤悬远方的概念已成为历史。三亚古称崖州。据考，万年前已有人居，先秦时期即设州、郡。如今，三亚已成为对外开放的重要港口和热带海滨旅游城市。昔日生活在“鹿回头”美妙神话中的人们，把注意力转向对外合作交流，来自海内外的游客剧增。2001 年元月，在风光如画的现代旅游度假区——亚龙湾成功举办了国际“第二届全球化论坛”。

久闻南山不老松，未知产自何地。2001 年元月乘到三亚出席“第二届全球化论坛”之机，参观南山文化和生态旅游园区，方知不老松就产于此。在园区的碧海中，建立起 108 米高的观音菩萨像。

丽　江　行[①]

家家清流水，户户手工艺。
古城民族多，人文风情异。
遥望玉龙雪，脚踏七彩石。
丽江景色秀，游客自痴迷。

2001年11月8日

作于云南省丽江市

注: ①丽江古城，座落在滇西终年积雪的玉龙山下、金沙江(丽水)畔。城内极富民族特色的建筑群和东巴古文化风情保存完好。区街水渠纵横，碧水流经千家万户，路面多铺有七彩石板块，周边自然风光绮丽、景点密布，是国家级重点风景名胜区，并被联合国教科文组织列入“世界文化遗产”。

吐 鲁 番[1]

火焰山上热浪腾，坎儿井下冷水冰。
峡谷绿洲风光秀，葡萄国里歌舞情。
丝绸古道话交河，华夏文明遗风浓。
玄奘西行蒙难处，游人揽胜入迷宫。

2002年9月18日

作于新疆自治区吐鲁番

注：①新疆吐鲁番地貌气候独特，是世界海拔最低的盆地（海拔 -155 米），又是全国夏日温度最高的地方。在新疆戈壁滩上凿有数以万计的坎儿井，井井相连，形成延绵数千公里的巨大地下水网，雪山冰川融化的水通过水网流入干旱的土地，造就了一片又一片绿洲。井水温度极低，与地上的高温形成反差。特殊的气候条件，培育出优质葡萄等名产。

香 港

环山漫步三千尺[1]，港岛景物过眼底。
湛蓝维港船流疾，摩天银楼拔地起。
喜庆旧桃换新符，百年耻辱一朝洗。
繁荣稳定新纪元，神州大地聚紫气。

2002年7月28日

作于香港

注：①香港太平山顶是香港最高点，又称维多利亚峰或扯旗山，海拔554米，是香港的著名景点之一，也是港岛最负盛名的豪华住宅区。立于山顶，可鸟瞰壮丽海港和绚丽市景。

卜算子·冰雪游

岁岁雁南飞，隆冬静悄悄。而今北国喜讯报，冰雪游独俏。

夜观冰灯城，日赏群雪雕。更有不尽滑雪道，游客乐逍遥。

2004 年元月 18 日

作于黑龙江省哈尔滨市

紅色记忆

踏莎行·井冈山

苍茫井冈，接天连地，雄奇险秀聚灵气。红军会师到山里。星火燎原乾坤赤，今日中华正崛起。

人民江山，得来何易?！烈士鲜血写史诗。忠魂九泉当含笑，革命胜利已如期。

2002年5月26日

作于江西省井冈山

望海潮·红都瑞金[①]

瞻仰瑞金，多年期盼，今日终于如愿。圣迹依旧，古樟参天，院落肃穆安然。苏维埃再现。观烈士丰碑，经霜弥坚。中央机关，房舍会堂，俱庄严。

当年风云突变。工农举义旗，火红映天。左倾冒险，断送革命，苏区几乎尽陷。长征路遥远。老表送红军，热泪洗面。七十一年过去，红都更灿烂。

2002年5月28日

作于江西省瑞金

注：①瑞金是享誉中外的“红色故都”“共和国摇篮”，中国第一个红色政权——中华苏维埃共和国临时中央政府的诞生地。1931年11月7日至20日，第一次全国苏维埃代表大会在瑞金的叶坪召开，宣告中华苏维埃共和国临时中央政府正式成立，毛泽东同志当选为临时中央政府主席，大会还通过了中华苏维埃共和国宪法大纲等决议案。自此，中国共产党领导的红色政权正

式以国家形态出现。

新中国的第一代领导人，共和国10位开国元帅中的9位，10位大将中的7位，以及1966年以前授衔的中国人民解放军将帅中的35位上将、114位中将和440位少将，当年都曾在瑞金战斗、工作、生活过。以瑞金为中心的苏区人民，为红军和苏维埃政权建设做出过巨大牺牲和贡献。当年仅24万人口的瑞金，就有11万人参军参战，5万多人为革命捐躯，其中1.08万人牺牲在红军长征途中。

瑞金是全国爱国主义和革命传统教育基地，是中国重要的红色旅游城市。目前，瑞金境内共有革命旧居、旧址180多处，红军广场、“一苏大”会址、中华苏维埃临时中央政府大礼堂、红井等国家级重点文物保护单位33处。

拜谒遵义会议会址

娄山关下草青青，遵义会议举世惊。
四渡赤水捷报传，神机妙算毛泽东。
艰苦卓绝长征路，奠定神州一片红。
今日有幸谒圣地，振兴中华更激情。

2001年11月13日

作于贵州省遵义市

满庭芳·延安[①]

延河蜿蜒，窑洞层层，长街横贯西东。灯塔高照，聚华夏精英。军民浴血奋战，灭日寇，旧王朝倾，寰宇惊。革命圣城，民族之光荣。

奔锦绣前程，脚步未停，转战贫穷。建生态系统，全民皆兵。退耕还林还草，小流域，综合治整。依稀见，山川秀美，荒原露笑容。

1997年10月

作于陕西省延安市

注：①为考察陕北地区生态环境和推进全国水土保持、建设生态农业，我先后多次到延安，观瞻了以毛泽东同志为核心的党中央在延安的旧址、故居，及有关的历史文物。朴实而伟大的延安精神感人至深。而延安人民防治荒漠化、建设生态农业，可谓一场新的革命，工程宏伟，前景美好。由感而发，填词一首，以抒情怀。

庆春泽·西柏坡[1]

太行雄浑，滹沱奔腾，山坳里百户村。中央入驻，决我民族命运。运筹帷幄破敌阵，摧枯拉朽转乾坤。我中华，百年耻尘，荡涤一新。

万里长征第一步，全会谋长策，立国方针。两个务必，照亮党心军心。流光转瞬几十春，制胜法宝当重温。新世纪，伟业疾进，贵在躬谨。

2003年9月18日

作于河北省平山县西柏坡

注：①西柏坡是位于太行山东麓、滹沱河畔的一个小山村。1947年4月，刘少奇、朱德、董必武等同志率中央工委入住西柏坡。1948年4月5日，毛泽东、周恩来、任弼时同志来到这里。从此西柏坡成为当时中国革命的领导中心。1947年4月至1949年3月23日近两年间，以毛泽东同志为代表的党中央，在西柏坡做出了一系列决定中国命运的重大决策，为夺取全国胜利、建

立新中国奠定了牢固基础。包括：一、召开全国土地工作会议，通过了《中国土地法大纲》，领导了解放区的土地改革和整党工作，使约1亿农民获得了土地。二、抓了军工生产和经济建设。三、解放了石家庄，使晋察冀和冀鲁豫两个解放区连成一片。四、1948年9月召开的中央政治局会议，提出“五年内从根本上推翻国民党反动统治，建立500万人民军队”的战略任务。五、组织领导了著名的辽沈、淮海、平津三大战役，取得了巨大胜利。自1948年9月12日至1949年1月31日，历时139天，共歼灭和改编国民党军队154万余人，大大加速了解放战争胜利的进程。六、1949年1月8日，召开中央政治局会议，通过了《目前形势和党在1949年的任务》。七、1949年3月5日至13日，举行了党的七届二中全会，毛泽东同志作了具有重大历史意义的报告，提出了促进革命战争迅速取得全国胜利的方针，设定了在全国胜利之后，政治、经济、外交等方面的基本政策，并告诫全党要警惕资产阶级“糖衣炮弹”的袭击。强调指出：“夺取全国胜利，这只是万里长征走完了第一步。”“中国的革命是伟大的，但革命以后的路程更长，工作更伟大，更艰苦。这一点现在就必须向党内讲明白，务必使同志们继续地保持谦虚、谨慎、不骄、不躁的作风，务必使同志们继续地保持艰苦奋斗的作风。”1949年3月23日，中共中央和解放军总部离开西柏坡，于3月25日进驻北平（北京）。

太行颂

千里龙脉贯南北，逶迤峰峦界西东。
狂风骤雨飞异彩，阳光雨露润众生。
英烈热血洒荒野，悲壮义举鬼神惊。
人民迸发回天力，赢得河山一片红。

2005年6月1日

作于山西省大同市

注：太行山绵延华北南北，中界黄土高原与华北平原，是华夏文明重要发祥地之一。在我国几千年的沧桑变幻、尤其是近代的抗日战争、人民解放战争的伟大斗争中，太行山区人民总是走在历史的前沿，为中华民族的解放和复兴，做出了巨大牺牲和贡献。无数革命先烈长眠在太行丘岗山野。历史人文景观密布。前些年我曾到过太行山东麓、南麓，今年5月有幸环行太行山西麓、北麓，领略了整个太行山区的地貌、生态、经济、社会和人文风情，感慨颇多，赋诗一首，以抒情怀。

拜谒莱西革命烈士陵园

——散文诗

把花圈肃敬地献上，
在烈士碑前默哀躬立，
我陷入了无限沉思，
泪水欲流又止，
眼前浮现出战火纷飞年代的悲壮时局。
那时大半个中国，
长城内外，
大江南北，
无不狼烟迭起，
满目疮痍。

日伪堡垒密布，
国民党顽固派横行乡里，
中国共产党领导的抗日武装，
在艰难困苦的“三角斗争”中，

把救亡之路开辟。

八年抗战，
三年解放战争，
在民族生死存亡的决战中，
无数革命先烈，
冲锋陷阵，
前仆后继，
顽强拼搏，
英勇杀敌。
是他们，
用鲜血和生命，
推翻了“三座大山”，
换来了人民翻身解放、不再做奴隶。
只可惜，
烈士们只有奉献，
没有索取，
没有享受胜利的果实，
没有看到五星红旗。

我难忍内心的激情，

在祖国日益强大、人民过上幸福生活的今天，

人们切切不可忘记，

先烈们的丰功伟绩。

实当饮水思源，

牢记历史，

继承烈士们的遗志，

为振兴中华，

不懈奋力。

松柏森森苍郁，

碑碣巍巍耸立。

愿烈士英名长存，

与日月同辉，

永不消失！

2001年10月7日

作于山东省青岛莱西市

奔向“十三五”

——贺“两会”

玉兰花开红梅艳，万物迎春不等闲。
东风劲吹改革潮，转型发展中高端。
绿色中国最美丽，依法治国更无前。
新兴产业雨后笋，中华振兴正扬帆。

2016 年 3 月 8 日

作于北京

耕语农谚

读农耕文明

华夏农耕源流远[①]，百业生来农为先。
七千年前种五谷，四大发明惠人间[②]。
天人合一高理念，种地养地世代传。
封建专制几千载，大地禁锢农耕惨[③]。

一从神州红烂漫，农耕文明开新篇[④]。
土地改革天地变，亿万耕者有其田。
重整河山兴其利，农林牧渔展新颜。
改革创新多奇迹[⑤]，绿色农业尤耀眼[⑥]。

2016年10月

注：①中国是世界上最古老的农业大国之一，历史悠久。据考证，早在7000多年以前，就开始了种植稻谷、驯养家畜。在绵绵不息的历史长河中，历代先贤，炎黄子孙，植五谷，饲六畜，

农桑并举，男耕女织，形成了精耕细作、富国足民的农耕思想和传统。

②自古以来，中国农耕科学技术多数时间是领先的，尤其是审时相物的物候历法、“伏魔降龙”的水利工程、巧夺天工的传统农具、择精取华的育种技术，堪称中国古代农业的“四大发明”，对中国乃至世界农业的发展，发挥了巨大推动作用。考古证明，我国8000年前就种植粟和黍，早于欧洲3000年；7000年前就驯化育成水稻品种，3000年前就传入了朝鲜、越南。大豆是中国最早驯化并传播到世界各地的。养蚕缫丝技术，2000多年前就传入越南，公元3世纪前后传入朝鲜、日本，6世纪时传入希腊。当然，中国农业的发展，也吸收借鉴了世界各国的一些成功的农耕技术。

③值得指出，中国农业在封建社会的后期（清代晚期）和民国期间，受到严重摧残。这期间，内部遭受封建统治阶级的压榨束缚，外部遭受帝国列强的侵略、掠夺，加上战乱破坏，昔日的秦汉傲骨、大唐雄风、康乾盛世，早已风光不再，国人面对的是山河破碎、农业凋敝、民不聊生的苍凉与悲戚！

④新中国成立后，党和政府为恢复发展农业实施了一系列重大举措。包括实行土地改革，实现“耕者有其田”；对农业进行社会主义改造，引领农民开展农业互助合作运动；大搞农田基本建设，兴修水利，改良土壤，植树造林，改善农业生产条件等。从而使我国农业在20世纪50年代前期得到迅速恢复发展，人民生活也得到改善。当然，在农业合作化后期也出现过“左”的错误，致使农业发展受挫。

⑤党的十一届三中全会以来，农村实行以家庭承包为主要内容的体制改革，极大地调动了广大农民的积极性，农业生产快速发展。同时，乡镇企业异军突起，成为农村经济的重要支柱、“半壁江山”，显著地改变了农村贫困落后面貌。

⑥绿色有机农业是对传统农业、化学农业的深刻变革，是实现人与自然和谐、发展与环境双赢的新型农业。其本质特征和优势可归结为：一、生产标准化、规范化，能够确保产品优质、高效、无公害。二、资源循环利用，发展可持续。绿色有机农业强调有机投入和生物措施，将农业和人畜废弃物资源化、再利用，既创造价值、效益，又培肥地力、优化环境。三、产业的惠民性。发展绿色有机农业，既为城乡人民提供安全、无公害食品，又延长产业链，扩大就业，惠及民生。

我国绿色有机农业起步于20世纪90年代，时间虽短，但发展快，成效显著。截至2015年底，全国绿色食品企业总数达到9579家，产品总数达到23386个，年均分别增长8%和6%。绿色食品产品国内年销售额由2010年末的2824亿元增长到4383亿元，年均增长9.2%，年均出口额达到24.9亿美元。绿色食品产地环境监测面积达到2.6亿亩。全国已创建665个绿色食品原料标准化生产基地，21个有机农业示范基地，总面积1.8亿亩，对接2500多家企业，覆盖2100多万农户，每年带动农户增收超过10亿元。

看五莲县山山水水

——诗四首[①]

绿　化

久闻五莲变新颜，而今目睹不虚传。
山川葱郁翻绿浪，村村花果处处园。
龙王三年不降雨，沟溪依然流清泉。
栽下富根万千条，小康生活在眼前。

行　路

自古深山云雾处，悬崖陡壁难行路。
而今玉带环山绕[②]，千岭万壑成通途。
铁牛隆隆奔驰急，人人肩头释重负。
莫道山女身段矮，一代新人躯体舒[③]。

园 艺

板栗砍首何罪有？年年低产今当休。
能工巧施嫁接术，累累硕果挂枝头。
自然界里优胜劣，科学之术当讲究。
试看今日“米丘林”，园艺领域显身手。

赞 花

山乡幽凉春来迟，谁料百花盛开急。
杏花自傲红粉艳，怎比桃花朵朵赤。
梨花飘雪漫山野，苹果花枝尤别致。
浓妆艳抹迎山红，山花丛中堪称奇。

刊登于《大众日报》（1982年5月22日）

注：①《绿化》《行路》《园艺》《赞花》四首诗，是1982年5月我带领山东省委办公厅的同志，就山区建设方针问题，到

潍坊地区五莲县（现划归日照市）调查研究，有感而发写下的。

长期以来，山东不少山区为了保粮，大肆垦荒，将原本就稀缺的林木也砍光了，结果，粮食产量没有上去，反而导致水土流失加剧，严重影响了农业的发展。五莲县较早认识到“山区要想富，就得多栽树”，“造林绿化才能保持水土，涵养水源，农林牧业才能全面持续发展”的规律，在山区开发建设上，坚持“以造林为主、农林牧结合、多种经营、全面发展”的方针，收到了显著成效。在五莲县的不少山村，调研组看到的是，林木葱茏，绿水长流，山花烂漫，农林牧业兴旺，农民生活相对富足。当地干部群众艰苦奋斗、敢为人先的精神，也令人感动。

②五莲县最近三年修筑环山路 1900 多公里，一些大的山岭都通了汽车、拖拉机。

③过去山区所有物资的搬运，几乎全靠肩挑人抬，不少姑娘自幼担不离肩，影响了身体发育，现在车辆运输几乎代替了肩挑人抬，青少年的身体也长高了。

农 亦 工

——昌邑县社队工副业见闻①

渤海之滨春意浓，花红时节昌邑行。
听，村村机器声，
看，户户有女工——
疑是置身厂区中，哪知乡间农亦工。
工副项目雨后笋，产品花色万千种。
按需生产巧经营，货畅其流总售空。
昌邑人民好精明，党的路线显神通。

1982年春夏之交

作于山东潍坊地区昌邑县

注：①昌邑县北临渤海湾，南靠胶济铁路，历史上有生产经营纺织品的传统。党的十一届三中全会之后，农村社队解放思想，大搞工副业，村村办企业，形成许多有规模的加工产业，繁荣了农村经济，显著增加了村集体和农户收入。

新型农业赞

改革大潮逐浪高，农民创新有绝招。

农工商贸一条龙[①]，新兴产业倍增效。

区域种植有规模，专业管理讲精妙。

龙头企业强拉动，加工转化腾飞跃[②]。

2016年10月

作于北京

注：①工农贸一体化的新型农业经营方式，是农村基层干部群众的创造，源于山东潍坊地区诸城县。山东省委、省政府于1987年秋召开现场会总结推广了诸城的经验。这种产业化经营很快在山东和全国推广开。

②农业产业化经营，由龙头企业拉动，社会化服务支撑，实行区域化种（养）植、规模化经营、专业化管理，是一种社会化、现代化大生产模式，能够带动千家万户农民进入国内外大市场，解决了一家一户土地规模小难以采用机械作业、现代科学技术和参与市场竞争的难题，显示了巨大优越性。

农产品加工转化是农业产业化的基本功，由此实现了农业由一产变为二产（加工业）、三产（储藏、运输、销售），有效拉长了产业链。其农工商产供销的每一个环节，都使产值、效益大幅度提升，从而加快了农民脱贫致富、扩大公共积累和农村城镇化的步伐。据农业部统计，到 2013 年，全国农业产业化龙头企业发展至 11 万家，销售收入达 5.7 万亿元。其中，1200 多个国家级龙头企业，平均每个企业带动农民 4 万多户，吸纳就业员工千余人，农户年均增收万余元。

农 家 乐

油菜花正黄，麦海翻绿浪。
耕作方式变，农夫不再忙。
集市生意好，二三产业昌。
村村建新房，户户奔小康。

2000 年 5 月

在江南农村调研有感而作

蔬菜之乡——寿光

大地冰封寒气盛，暖棚融融春意浓。
菜蔬源源供市场，户户餐桌绿充盈。
产业集群誉四海，斑斓菜博展恢宏。
菜农富足庆有余，游客谁人不喜惊？！

2003 年 5 月下旬

作于山东潍坊寿光市

注：寿光县乃《齐民要术》作者贾思勰的故乡。在改革开放大潮中，寿光农民引进、创造了塑料温室大棚栽培技术种植蔬菜大获成功。这一实用技术推广到全省、全国，从而结束了我国大部分地区冬春寒季不能种植青菜的历史，极大地丰富了市场供应和居民的食物品种，又显著增加了菜农收入（每亩收入万元甚至几万元）。一年一度的寿光蔬菜博览会，瓜果蔬菜花卉品种逾万，造型各异，编织出一幅色彩斑斓、绮丽壮观的画卷，吸引国内外游客数以百万计。

石山区访贫[①]

石峰巍峨齐云端，峡谷陡峭万丈渊。
上下移步倚青竹，气喘不及周身汗。
幢幢茅屋居室陋，户户山民少吃穿。
困境触目泛心酸，星火急救岂容缓！

1996年7月中旬

访贵州省西部石山区贫困农民有感而发写此诗篇

注：①这里是纯石山区，从峰巅到谷底，坡陡路窄路难行，一上一下三四公里。没有成片的土地，农民只能在石缝里撒几颗玉米。户户居室简陋，缺吃少穿。其中有一户五口人，挤居在一间土房子里，床上是破席破被子，用石头支起的锅灶，吃的是玉米芽糊糊，五个碗有的还是破的，筷子是树枝代替，粮缸里只有约五十斤玉米。真是一贫如洗，看了让人心酸、落泪。

石山区扶贫

峰峦林立云雾里，山凹深邃不见底。
悬崖陡坡林草稀，隔绝居民贫如洗。
异地扶贫好主意，民富山绿高效益。
奇特地貌多神秘，游人览赏叹惊奇。

1998 年夏

赴广西自治区考察异地扶贫而作

耕作变革颂①

辈辈世世种粮食，广种薄收老规矩。
山岗坡地跑水土，人均八亩饿肚皮。
改建高产稳产田，只种两亩吃有余。
腾出六亩种林果，绿了山川增收入。

2016年10月

作于北京

注：①广种薄收还是精种高产，是中国农业发展的一个关键问题。1997年7月我到陕北调查研究，听延安市枣花流域的农民介绍，他们那里全是坡耕地，跑水跑土跑肥。过去广种薄收，人均8亩地全种粮食，一亩收个百八十斤，遇到旱天，颗粒无收，吃不饱。近些年，建设高产稳产田，把坡地整平，加深土层，垒上地堰，变“三跑田”为“三保田”（保水保土保肥）。再加上良种良法，精种高产，亩产千斤，人均种两亩粮食吃不了，剩下6亩地种林果牧草，经济收入有了，还绿化了山坡地。这种耕种方式的变革充分体现了多种与少种、精种与粗作的辩证法，具有普遍意义。经全面推行，全国山区丘陵农民都受其益。

人生情感

父　亲[1]

八秩含辛黄连苦，求生累弯腰椎骨。
超凡技艺木工匠，行善百家修镰锄。
除旧兴新拓荒人，造福乡亲奉献殊。
育教子女沥心血，理当沐浴报恩雨。

2005年12月20日

为纪念父亲诞辰112周年而作

注：①我的父亲姜振令，1893年农历十月初三日出生于山东莱阳县(现为莱西市)岗河头村一个贫苦农民家庭。少年学习木工，成年后离家到烟台吃“劳金”（打工），后回乡务农、当木匠。当时家境贫寒，人口又多（9口人），不得温饱。为养活家人，父亲特别辛劳，起早贪黑，加上营养不良，年轻时就累弯了腰椎骨，成为“罗锅”。他有一手高超的木工技艺，给谁打工、做木工活，都很受欢迎，但收入很低，有时给一些大户干活，只管吃饭，没有工钱。父亲心地善良、乐于奉献，经年累月无偿为邻居百家维修农具、家具。辛亥革命期间，他积极推动妇女放足、男

人剪辫子、拉（拆）庙建学堂等进步活动，并带头发起筑路修桥，兴办公益事宜。抗战时期，他支持子女参加共产党地下组织，抗日、反投降派。为此，险遭敌人杀害。新中国成立后，日子虽然好了许多，但又较长时间遭受极“左”错误之害之苦（1955 年时任乡总支书记的二儿子姜立云因冤假错案被冤狱五年，20 多年后才平反昭雪），没有舒心过，于 1973 年冬逝世，享年 81 岁。

岳　母[1]

战火绝情亲人逝，哀天泣地无回音。
烈士捐躯万民颂，家人悲痛顿失魂。
携子带女苦度日，传承遗志献忠心。
狂风暴雨识劲草，高风亮节砺后人。

2005年12月20日

注：①岳母刘天香，1913年1月25日出生于山东莱阳县南官庄一个农民家庭。其丈夫李佐民，1934年在济南第一师范学校加入中国共产党，做党的地下工作。1937年冬组织地方武装，然后参加八路军胶东抗日三支队，历任总务科长、民运科长、宣传科长、海防指挥部政委、胶东抗日联军政治部主任、六十二团政委兼招莱栖特派员等职。1940年农历三月初九，在抗击日伪顽敌军进犯的窑山战役中，不幸壮烈牺牲，终年29岁，撇下了妻室和年幼的儿女。岳母刘天香系抗日积极分子，曾积极参与抗日地下工作站的工作。在承受丈夫牺牲的沉重打击之后，担当起了养育子女和村妇救会长的重任，并加入了中国共产党。她发动妇女积极参加土地改革、参军支前等工作，作出

了重要贡献。由于长期劳累、心情忧郁，不幸于1977年2月6日病逝，享年64岁。

老　伴

风雨兼程七十冬，行进路上步未停。
不枉艰辛大半生，学业事业皆有成。
晚霞盛世正当时，康宁福寿好光景。
忘忧解烦心态平，欢乐祥和夕阳红。

2003 年 3 月 25 日（农历二月廿三日）

为老伴李志娥 70 周岁生日而作

渔家傲·垂柳赞[①]

垂柳岁岁报春早，绿衣层层把海罩。诱得燕舞鱼儿跃。红墙里，谁人不喜金丝条？

人生短暂当思报，勿枉世上走一遭。绿叶红花岂可少？！学垂柳，只做奉献不撒娇。

1998年春

作于中南海

注：①中南海水面宽阔，岸边垂柳行行，年年早春吐绿，丝绦层层，婀娜多姿，随风飘荡，景色迷人，为美化环境做贡献。

温泉宾馆

榕城闹区有静地，温泉宾馆多绿意。
舍居无华添雅致，湖水地热令人喜。
豪奢未必真富贵，朴实简约更舒适！
保健无需膏腴补，粗茶淡饭尤相宜。

2002年11月28日

作于福建省福州市

游　泳

碧水绿树衬蓝天，日斜畅游渤海湾。
遥望黄河入海流，目眺长城第一关。
搏击浪涛万千层，身心舒展尽欢颜。
人若似水流不息，寿当不下八百年。

2000年8月初

作于秦皇岛北戴河

七十抒怀

流光转瞬老未觉，两鬓早已染霜色。
万物消长皆自然，人生哪有不老者？！
越过坎坷有坦途，迎风击雨苦中乐。
一向躬谨未敢惰，留有余霞报吾国。

2000 年 4 月

作于北京

晚霞曲·离退[1]

晨曦起身晚霞歇，七十三度春秋过。
一门心思干事业，洁身自好留清白。
春华时节忙耕耘，秋实如期当收获。
回归自然情趣多，遨游苍穹天地阔。

2003年4月

作于北京

注：①2003年3月，我从领导岗位上退了下来，既感到“无官一身轻”，又总想回顾梳理一下几十年的实践，做一些有益的探索工作。特别是对生态环境和生态文明的研究，是我的一大爱好，一进入“情况”，便有回归自然、遨游苍穹的愉悦之感。

忆段君毅同志[①]

（一）

戎马生涯总倥偬，热血青年爱憎明。
冀鲁浴血开新宇，中原拼死斗顽兵。
征战南北显智勇，驰骋西东建奇功。
不畏艰险肩重负，只缘胸中万民情。

（二）

开国立业多作为，位尊不移公仆风。
浩劫当头意志坚，真理在手腰板硬。
年高未减报国志，欣喜华夏正振兴。
光明磊落善终生，桑榆为霞映天红。

2004 年 11 月 10 日

注：①我与段君毅同志相识几十年，他的一生为民族解放和祖国建设做出了重大贡献。他不幸病逝，我深感悲痛。今特吟诗一首，以寄托对段老的哀思。

忆王众音同志[①]

人生世间恨短暂，情谊绵延可永远。
相识四十六年前，良师益友常思念。

曾记英年著华章，更有事业日中天。
腥风恶雨何所惧，真理在握志弥坚。

鞠躬尽瘁无悔憾，光明磊落铸风范。
人去事逝留清白，九泉之下当安眠。

2006 年 6 月 28 日

注：①王众音同志，20 世纪 60 年代曾任山东省委常委、宣传部长，“文革”期间受迫害。党的十一届三中全会之后，组织上为其平反、昭雪，恢复了工作，曾任山东省纪委书记。他为人诚实、厚道，很有才华。我曾在他领导下工作多年，受益匪浅，堪称“良师益友”。

忆张明同志①

回首五十二年前，良师益友今又现。
鞠躬尽瘁公仆情，正气浩然天地宽。
直取要义书短文，谈吐真言无长篇。
壮志未酬人早逝，几多悲凉遗人间。

2012 年 3 月 30 日

作于北京

注: ①张明同志是20世纪60年代初山东省委宣传部部委委员、政宣处处长，1966 年任省广播事业局副局长。我有幸与他共事多年。他那坚定的理想信念、火热的工作热情，时刻关心民生、助人为乐、为群众排忧解难的精神，一向讲真话实话、求真务实的品格和直取要义、言简意赅的文风，给了我和同事们以深刻启迪，留下了难忘的印象。只可惜他因劳成疾，英年（49 岁）早逝，给人们留下了无尽痛楚和悲伤。由感而发，写了几行文字，以寄托对这位德高望重、高风亮节老同志的哀思。

生命常青

——七十五岁生日杂感

人生短暂可延绵，万物消长总有缘。
善举美名誉千古，植树护绿益万年。
品格不言世代传，子孙自当向真善。
时光珍惜莫枉度，当把美好寄人寰。

2005 年 4 月 8 日

作于北京

养生要诀

脑体勤动莫染惰，心态平和常欢乐。
造林兴水添绿色，公道正派高风格。

2005 年 12 月 25 日

作于北京

开启

新時代

新征程

开启新时代新征程

——欢庆党的十九大

金秋十月，天高云淡，气爽风清。

举国关注、全球瞩目的中共十九大隆重举行！

习近平同志代表十八届中央委员会作的报告，

赢得了与会全体代表七十多次热烈的掌声！

报告高屋建瓴，气势恢宏，博大精深，亮点纷呈。

整篇闪耀着真理的光芒，开启了中国特色社会主义新时代、新征程。

代表们以发自肺腑的言语，对大会报告进行了真切而热烈的讨论。大家心潮澎湃，思绪奔涌。

回顾过去五年，彪炳史册的历史性变革和辉煌成就，令国人骄傲、世人赞颂。

实现未来宏伟目标，意志坚定，信心倍增！

这一切源于有习近平总书记坚强领导核心，

为党和国家掌舵、导航，凝心聚力，砥砺前行。

“近代以来久经磨难的中华民族迎来了从站起来、富起来到强起来的伟大飞跃”——

一语惊天，在全体代表中引起了强烈反响和共鸣！

大会确立习近平新时代中国特色社会主义思想，

是马克思主义中国化的最新的成果，是对中国特色社会主义理论的继承和发展，是党在新时代进行伟大斗争、建设伟大工程、推进伟大事业、实现伟大梦想的行动指南和政治纲领。

新时代“我国社会主要矛盾已经转化为人民日益增长的美好生活需要和不平衡不充分的发展之间的矛盾”的科学论断，

势将激发中国特色社会主义新的强大生命力，加速各项事业优质协调发展和人民生活质量全面提升！

坚持以人民为中心的发展思想；坚决打赢脱贫攻坚战；决胜全面建成小康社会……，

彰显了一切为了人民的核心宗旨和习近平总书记的领袖担当、爱民深情。

基于对国内国际情势的准确判断，科学设计“两个一百年”宏伟蓝图和实现途径，

从理论和实践结合上系统回答了新时代坚持发展什么样的中国特色社会主义、怎样坚持和发展新时代中国特色社会主义这个重大历史命题，为新征程举起了指路明灯。

这给了全体代表以极大鼓舞和深刻启示，进一步增强了“四个自信”[①]，为实现宏伟目标提供了新的理论和信念支撑。

坚持全面从严治党，牢固树立“四个意识”[②]，持之以恒正风肃纪，夺取反腐败斗争压倒性胜利……，

是代表们反映最强烈的话题，是新时代的大吕黄钟！

确认这是重塑党的形象、密切党群关系、加强党的领导、提升党的执政能力的关键所在、重中之重，务必践行！

大会经过充分讨论，一致批准了习近平同志的报告和其他有关决议；

按照民主程序选举产生了新的中央领导机构；

顺利实现了新时代中央领导机构的更新和接续，

为开辟新时代中国特色社会主义事业的新征程，夺取新胜利，提供了强有力的政治和组织保证。

十九大的胜利举行，举国欢腾，举世轰动。

全党和全国各族人民，受到了一次深刻的新时代中国特色社会主义思想理论教化，

人们的政治思想觉悟和为伟大梦想而奋斗的自觉性显著提升，正满怀豪情投入到学习宣传践行十九大精神的热潮中。

实践已经证明并将继续证明，

党的十九大是具有划时代、里程碑意义的伟大壮举，

是中华民族阔步前行，实现伟大梦想、创造新的人间奇迹的伟大壮举，

也是开启中国走向世界舞台中心，影响和带动全球走向和平、繁荣、文明、共赢的伟大历史新征程。

2017 年 10 月 28 日

作于北京

注：①道路自信、理论自信、制度自信、文化自信。
②政治意识、大局意识、核心意识、看齐意识。